成語的隱喻藝術

王韻雅 著

序

　　成語是中華文化所見的語言精華，其特性包含出處可追溯、四字格的固定詞組及具意義雙層性等。換句話說，成語在四字格的形式背後，蘊含了典故及雙層語義。因此要認識一條成語，必須先從其典故著手，才能理解成語字面所顯示的意義，進而推敲出成語的衍生語義。由此可知，成語典故、字面義及衍生義之間的關聯性屬於概念與概念間的連結。西方隱喻理論認為，隱喻不只是一種語言表達的手段，就深層而言，隱喻是一種思維邏輯的呈現，為一種概念間相互連結的模式，因此必須深入探討其文字組成背後所欲傳達的真正意涵，以及文字組成與欲傳達的真正意涵之間的聯繫。試從西方隱喻理論的觀點切入來探討分析漢語中的成語，可發現二者不謀而合的相契。成語語彙包含了「表面的文字組成」與「深層的衍生語義」，而聯繫著表面與深層的就是成語的生成來源──「典故」。本書從西方隱喻理論來解構成語，探究成語的生成，除了分析成語隱喻技巧的運用，更要進一步探究成語與隱喻技巧的結合所產生的藝術審美類型及價值，才能將成語的表層現象和裡層蘊意整幅的朗現，以及寄望可以有效的應用在語文教學上。

　　在為時八個多月的本書寫作歷程中，最要感謝的是指導教授──周慶華教授，從本書題目的發掘到完成，周教授提供給我許多的資料、想法及建議，並不辭辛勞的逐章逐節仔細的做修正，讓我可以順利完成本書。此外，也感謝口考委員王萬象教授及楊秀宮教授的建議及指導，讓本書可以更加完整的呈現。

　　從大學到研究所，我所讀的都是語文教育，因此在語文教育方面的收穫並非一朝一夕所得，而是漫長歲月的積累。感謝王萬象教授、左榕老師、周慶華教授、洪文瓊教授、洪文珍教授及陳光明教授（依筆劃排序）的循循善誘、諄諄教誨，不僅使我對語文教育產生興趣，更讓我在語文教育方面獲益良多，不論是語言學理論、國語文教材教法抑或是國語文創作，如繪本創作、多媒體教材設計及採訪寫作等，都有所涉略，頗有心得，讓我學有所長，在教學現場能夠揮灑自如。

　　最後我要感謝台東大學語教所的同學們及學弟妹們，還有我的好朋友們及最親愛的家人們，因為有你們的陪伴、支持與鼓勵，讓我可以度過寫本書那一段艱苦、緊繃的歲月，你們每一句鼓勵的話語，對我而言都是莫大的安慰，因為你們讓我感受到滿滿的愛，我愛你們，謝謝！

　　懷抱著忐忑不安、戰戰兢兢的心情，終於我還是如期完成了這本書，過程很辛苦，但只要努力，一定會有成果出現，或許這本書並不是非常完美，但內容還是具有一定的價值可供作參考，希望這本書能在國語文教學方面有所貢獻。

王韻雅
2010/6/8

目 次

圖目次

表目次

第一章　緒論

第一節　研究動機

　　「隱喻」為中、西方共有的語言現象，但由於兩方在範疇設定上的差異，導致中、西方對「隱喻」有著不全然相同的觀點，也因而產生了使用認知上的距離，然而就本質而論，中、西方對隱喻的定義卻是相同的。

　　在使用漢語的中華文化體系中，隱喻屬於修辭學中譬喻修辭法下的一類。對於譬喻修辭法的定義自古便有聖賢提出看法，最早可溯至墨子在《墨子‧小取》中提到：「辟也者，舉也物而以明之也。」（孫詒讓，1983：251）可知墨子認為所謂譬喻就是「舉他物來說明此物」，東漢王符《潛夫論‧釋難》：「夫譬喻也者，生於直告之不明，故假物之然否以彰之。」（王符，1995：2694）由「假物」及「彰之」說明了譬喻「借彼喻此」的定義及「可使欲說明之事物更加明顯」的功能，到了宋代陳騤在《文則》中將譬喻分為十類，隱喻為其中一類：

> 二曰隱喻。其文雖晦，義則可尋。《禮記》曰：「諸侯不下漁
> 色。」《國語》曰：「歿平公軍無秕政。」……《左氏傳》曰：
> 「是豢吳也夫。」《公羊傳》曰：「其諸為其雙雙而俱至者
> 與？」此類是也。（陳騤，1979：12-13）

1

而當代學者對於譬喻修辭法的定義如下：

> 譬喻是一種「借彼喻此」的修辭法，凡二件以上的事物中有
> 類似之點，說話、作文時運用「那」有類似點的事物來比方
> 說明「這」件事物的，就叫「譬喻」。它的理論架構，是建
> 立在心理學「類化作用」（Apperception）的基礎上──利用
> 舊經驗引起新經驗。通常是以易知說明難知；以具體說明抽
> 象。（黃慶萱，2002：321）

譬喻修辭法由「事物本體」及「譬喻語言」兩大部分架構而成，「事
物本體」指的是欲說明的事物本身，簡稱「本體」；「譬喻語言」分
為「喻詞」、「喻體」及「喻旨」三個成分，其中「喻詞」指的是聯
繫本體和喻體使二者產生譬喻關係的語詞，「喻體」就被借來作譬
喻的另一事物，而「喻旨」為譬喻的意義。譬喻修辭法又依本體、
喻旨的增省、喻詞的形式與功能等作分類，隱喻為其中一類：

> 凡具備「本體」、「喻體」，而「喻詞」由「繫詞」及「準繫
> 詞」如「是」、「為」、「成」、「作」等代替者，叫做「隱喻」，
> 亦稱「暗喻」。（黃慶萱，2002：328-329）

由上述可知，當代對隱喻的認知就是隱喻是由「本體＋喻詞（是、
為、成、作）＋喻體」所構成。例如徐志摩〈再別康橋〉中「那河
畔的金柳，是夕陽中的新娘」（徐志摩，1971：280）「河畔的金柳」
為本體，「夕陽中的新娘」為喻體，而此句隱喻喻詞的使用為「是」。
其他諸如「人為刀俎，我為魚肉」、「頓時，我的心成了一片烏雲滿
布的天空」、「君當作盤石，妾當作蒲葦」等，都為隱喻技巧的使用。
（黃慶萱，2002：331引）漢語譬喻技巧早在古代時就被廣泛的使
用，尤其是在文學創作方面，例如眾所周知的中國文學起源《詩經》
的三項創作技巧「賦、比、興」中的「比」，指的就是譬喻修辭法

的使用，所以我們可以從《詩經》中看到許多的譬喻句，如「白茅純束，有女如玉」、「心之憂矣，如匪澣衣」（孔穎達，1982a：66、75）等，因而《禮記・學記》中提到：「不學博依，不能安詩」。（孔穎達，1982b：651）由以上隱喻的定義及使用來看，可歸納出在使用漢語的中華文化體系中，隱喻並非一個凸出、獨立的個體，而是附屬在譬喻修辭法下的一個不甚起眼的組成成分，對於隱喻的觀點單從修辭學的範疇切入，只著重在語法技巧上的解釋，使用範圍也侷限在文學創作上：

> 隱喻，一般總是習慣性的把它定位於某種特定的修辭方法或表述手段。傳統修辭學把隱喻看成一種比喻，而比喻就是「修辭手法」，就是「打比方」，即「用某些有類似點的事物來比擬想要說的某一事物，以便表達得更加生動鮮明」。（季廣茂，2002：11-12）

然而將隱喻拘束在這樣微觀、狹隘的範圍內，不涉及其他領域的思考，在隱喻的使用上或許會產生認知理解上的不清楚、甚至是誤解：

> 根據語法形式上的差異對比喻做出的分類，它完全拋開了語義、語用方面的考慮，因此缺乏整體性和嚴密性。因此傳統修辭學在比喻分類上的主要缺點，在於它僅僅著眼於語法而忽視了語義的作用，更無視語境因素的存在，例如：離開了秦末陳涉、吳廣大起義的社會背景，離開了《史記・陳涉世家》的史學文化背景，就根本不會把「燕雀安知鴻鵠志哉」中的「燕雀」和「鴻鵠」當作隱喻。因此一涉及語義及語用因素，傳統修辭學的困境便暴露無遺，隱喻的文化意味也顯示不出來了。（季廣茂，2002：12）

在中華文化體系下的傳統修辭學中，將隱喻只設定在修辭學範疇內的語法技巧掌握，大為埋沒了隱喻本身強大的功能，也限制了我們對於隱喻的使用認知，這是值得我們好好思考的問題。

相較於中華文化體系將隱喻鎖定在修辭學範疇內，西方學者則是從文化學的觀點來認識隱喻，並將隱喻使用在各個範疇內：

> 隱喻作為一種文化現象越來越引人注目。表面看來，隱喻只是一種語言現象和文體現象——它是潤飾詞藻的一種修辭手段，是以言示意的表達方式。深層次看，隱喻具有其內在的思維邏輯，它牽涉到一切語言學、美學、詩學、哲學、文化學中的知識堅實性和理論的有效性問題，需要超乎單個學科的視角破譯其秘密。（季廣茂，2002：10）

> 隱喻的研究已經超越了語文學的傳統界線，哲學家（語言哲學家）、邏輯學家、心理學家、符號學家、稱名學家等等都對隱喻發生興趣，特別是本世紀後半時，認知科學的行程和興起，又進一步推動了隱喻研究的深入。對隱喻採多角度的深入研究，無疑大大深化了修辭學對這一辭格（或修辭方法）的理解。（中國修辭學會，1997：456）

西班牙著名哲學家奧特加（Ortega）認為隱喻不只是表達手段，而且也是重要的思維手段，就連體現邏輯思維的科學領域，也需要藉助隱喻來協助新概念、現象的命名，以及借用隱喻的概念來理解某些複雜現象的概念。（中國修辭學會，1997：457 引）荷蘭學者霍夫曼（Hofman）也對隱喻的實用性提出見解，他認為隱喻可以作為各個領域中描寫和闡釋的工具，除此之外也可以擴大加深人們對人類行為、知識和語言的理解。（同上，459 引）美國語言學家雷可夫（Lakoff）和詹森（Johnson）在所著《我們賴以生存的譬喻》

中寫道：「我們斷言：隱喻充滿我們的日常生活，而且不只表現於我們的語言中，而且存在於我們的思維和行為中。我們思維和行動中使用的日常概念系統就其本質而言是隱喻性的。」（雷可夫、詹森，2006：9）由以上可推論出，西方學者認為隱喻不只是一種表達的工具更是一種思維模式，它存在於我們的日常生活中，包括語言、思考、行為等等，並表現在各個領域中。

西方學者對於隱喻的定義是建立在「相似」、「類比」的概念上，如亞里斯多德（Aristotle）提到：「創造一個好的隱喻就是發現相似之處」、「隱喻是基於相似把一個實體的名稱轉用於另一實體」（亞里斯多德，2001：356）懷特立（Whitely）也指出，類比是邏輯上的相似，只把某些特徵移到別的客體上。（中國修辭學會，1997：462引）關於隱喻的定義英國學者里查茲（Richards）以「相互作用論」表達了他的看法：

> 隱喻可以在理論上劃分為「所喻（tenor）」與「能喻（vehicle）」兩個部分，所喻是隱喻的主體和核心，能喻是指涉所喻的各種事物；所喻與能喻之所以能夠建立起某種聯繫，是因為他們在邏輯上具有某種共同屬性和相互關聯。（季廣茂，2002：18引）

另外美國學者馬克（Mark）進一步提出，隱喻的生成分析應有三個平面（層次）：（一）表層語言；（二）語句意義；（三）認知過程。（中國修辭學會，1997：464引）

季廣茂為西方的隱喻理論下了以下的注解：

> 隱喻是在彼類事物的暗示之下把握此類事物的文化行為。所謂「把握」，指的是感知、體驗、想像、理解、談論的總和；所謂的「文化行為」，指的是心理行為和語言行為的總和。

就其實質而言，它首先表現為語言現象，卻暗示出更具深意的心理現象，而任何心理現象都是文化現象的深層性展示。就其過程而言，它表現了兩類事物之間的聯繫，並在兩類事物或明或暗的聯繫中生成新意義。值得注意的是，「此類事物」之所以能在「彼類事物」的暗示下為人「感知、體驗、想像、理解、談論」，那是因為「此類事物」與「彼類事物」之間存在著方式不一的聯繫：傳統性或現代性的，慣例性的或創造性的，社會性的或個人性的，現實性的或想像性的。兩類事物之間聯繫的性質，決定著隱喻的性質、形成及其意義的衍生機制。（季廣茂，2002：17）

至此可整理出，西方學者認為隱喻是由三個成分構成的：「所喻（就是本體）」、「能喻（就是喻體）」及「所喻和能喻之間的關聯」。在隱喻中所要探究的，不只是語言表面的文字組成，最重要的是要深入探討其文字組成的背後所欲傳達的真正涵義，以及文字組成與欲傳達的真正涵義之間的聯繫。聯繫的形成模式有許多種，而每一種聯繫的形成便是一種認知過程，每一個人的對事物的認知不盡相同，因而對一事物所產生的隱喻也不全然相同。所以西方學者認為隱喻不只是一種語言表達的手段，就深層而言，隱喻是一種思維邏輯的呈現，也可說是個人創造力的展現。在西方，隱喻包含了語言行為和心理行為，語言和心理行為都是文化現象的呈現，因此西方的隱喻觀點是從文化學的觀點切入，屬於廣泛的、宏觀的隱喻理論。

有鑒於西方宏觀的隱喻理論建構及運用，刺激了中華文化體系下的學者對傳統修辭學加注在隱喻的限制重新思考，並引進西方宏觀的隱喻理論加以研究討論及應用。有趣的是，就目前所見以西方宏觀隱喻理論為基礎的研究與延伸應用中，大部分為創意、藝術範疇上實務的研究及應用，例如廣告、行銷等，鮮少語文方面的探討。

　　漢語的使用有千百年的歷史，累積了成千上萬先人們的智慧，蘊含了豐富的語言之美，因此漢語中有一些獨特的語言成分是其他語言所未見的，其中「成語」就是漢語的特色之一。成語在千百年的流傳和使用下，成為了漢語中穩定的辭彙。也就是經歷了歷史的淘汰之後保存下來的詞彙珍品。（周荐，2004：310）成語不僅有精采的典故且寓有深意，更蘊含了豐富的語法知識。即使在科技昌明的今日，成語仍是生活常用的語彙。（陳湘屏，2009：8）著名現代詩人余光中認為成語是「白話文的潤滑劑」，就像「隨身攜帶現鈔」，意思就是「日常生活不用成語，可能說不了像樣的話」。（聯合新聞網，2007）可見成語在漢語中的重要性及價值。在成千上萬的成語中，大部分的成語的背後都藏有典故，而典故就是成語的來源。也就是說，成語的生成是將一長串的典故濃縮後取其中的精華，並將精華轉化成由四個字所組成的語彙。也由於成語語彙所呈現為典故內容的精華，因此我們通常無法從表面的文字組成來得知其所要表達的真正涵義，必須再重回典故中將真正涵義解析出來。以「杯弓蛇影」為例，從語彙表面的文字組成中，我們看到了「杯」、「弓」及「蛇影」三個成分，然而此三個成分各指示著三種不相關的物，因此我們並沒有辦法從此三個成分組成的語彙表面理解出一個實質且完整的意義。但在探究過隱藏在「杯弓蛇影」背後的典故後，可知「杯」、「弓」及「蛇影」三者為典故內容中最重要的精華部分，而「杯弓蛇影」真正的涵義為「不存在的事情枉自驚惶」也是自典故引伸出來。

　　由以上所述，我們可以推定成語語彙包含了「表面的文字組成」與「深層的涵義」，而聯繫著表面與深層的就是成語的生成來源──「典故」。試從西方隱喻理論的觀點切入來探討分析漢語中的成語，可發現二者不謀而合的相契。在成語中，「深層的涵義」為成語主要所要表達的核心主體，對應到西方隱喻理論為「所喻」；

成語中的「表面的文字組成」是用來指涉深層意義的語彙現象，與西方隱喻理論中的「能喻」功能相同，而成語中聯繫著表面文字組成與深層涵義的「典故」就為西方隱喻論中「所喻和能喻之間的聯繫」。套用西方隱喻理論的說法，成語將其典故轉化為語言現象，但卻暗示著更具深意的心理現象，藉由典故使兩類事物或明或暗的產生新意，讓我們必須透過「感知、體驗、想像、理解、談論」等方式來為兩類事物作連結，最重要的是成語所要深入探討的是其文字組成的背後所欲傳達的真正涵義，以及文字組成與欲傳達的真正涵義之間的聯繫，與西方隱喻理論的核心概念相同。

　　成語為中華文化體下的語言珍寶，隱喻理論為西方理論中的重要產物，如今發現了成語與西方隱喻理論之間概念、架構等方面的契合，倘若能從西方隱喻理論著手來對成語作深入的研究探討，相信往後不管在成語的理解或應用上，都會產生極大的幫助。

第二節　研究目的與研究方法

一、研究目的

　　本次研究的目的是要從西方隱喻理論的觀點及技巧切入，探究成語中所內含的隱喻成分與運用隱喻技巧產生的藝術審美價值，並將對二者的掌握運用到語文教學中。

　　從上一節的概略說明可知，從成語的生成過程而言，成語包含了「表面的文字組成」、「深層的涵義」及「表面文字與深層涵義的聯繫」，與西方隱喻理論的架構──「所喻」、「能喻」及「所喻和

能喻之間的聯繫」相契合，且成語與西方隱喻理論的核心都在於探討「真正涵義」及「表象和涵義間的聯繫」，這是一種認知過程，也是一種心理現象，由於認知及情感的不同，就會出現語言表意的豐富性及差異性，也就是主觀心境（意）產生了客觀物象（象）的豐富性及差異性，進而發展出語言之美。

語言之美的產生與語言的「意義」相關聯，藉由意象的傳達，使接收者對語言產生情感上的觸動：

> 意象生成，是以自然和生活為源，從表象的獲取到象與意渾，象與心共應的運動。在這個運動中，由於發話主體知、情、意、理的融匯活動，由於發話主體人格、意識情緒的能動力量以及審美把握力的作用……意象能將理性的東西和感性的東西融為一體，通過不同的層次和側面，既表現整體，又剖視內核，使受話人心神動搖。（中國修辭學會，1997：468）

接收者在從語言的表象深入到語言內蘊的涵義的過程即為意象的傳達，也就是前面所提到的「表面文字與深層涵義的聯繫」、「所喻和能喻之間的聯繫」。接收者在接收到語言表象後，透過聯繫的活動，在聯繫的過程中使接收者產生情感的觸動而感知到語言內蘊的涵義，這情感上的觸動是一種純粹的情感品質，因而達到美的境界：

> 發話主體的深層意識，都是以情感作為媒介和通道的。或者說，發話主體的深層意識就蘊育在情感裡面。情感化的過程，也是深層意識深化過程，情感的宣洩過程，也是深層意識的顯現過程。（中國修辭學會，1997：469）

透過西方隱喻理論來檢視成語的生成、解構成語，從成語的表面文字組成，透過聯繫的活動，深入了解成語內蘊的涵義，這是一

種深層意識的活動，帶有情感品質的產生，因而呈現出審美藝術的價值，這是成語與西方隱喻結合的火花，值得深入探討。

成語是中華文化體系中累積千百年的文學智慧結晶，是漢語的語言精華。在中華文化體系下的人們，不論是日常生活的口語表達或是抒情達意的文章寫作，都免不了成語的運用，使成語成為了人們生活中不可或缺的語言媒介，也因而促使成語在現代國語文教育中佔有一席之地。舉凡自國小、國中到高中，成語都是國語文課程中學習的重點之一，而且無論是國中基本學力測驗、大學入學考試、甚至是國家考試，成語都是必定出現的考題，由此可知成語在中華文化體系下的重要性及價值。但以現況而言，學生對於成語的使用的精準度並不高，經常可在學生們的交談或文章中發現成語誤用的情形，而形成學生們將成語誤用的根源，就是對成語並非完全性的理解。

對於學生將成語誤用的問題，以現行教育部所頒布的《國民中小學九年一貫課程綱要語文學習領域》中或許可以看出端倪。在國語文課程綱要中，與成語相關的能力指標僅有「4-4-2 能運用字辭典、成語辭典等，擴充詞彙，分辨詞義」此一項，而此一項能力指標也暗示著，現行國語文教育對於成語的教學著重在訓練學生學會「查閱成語辭典來擴充詞彙、分辨詞義」。也就是說，對於成語的學習「學生必須藉助成語字典自學」並無老師的引導，而學習的重點在於「擴充詞彙、分辨詞義」表象性的認識及工具性的使用。因此，在缺乏老師的引導下，學生面對成語只能不停的一背再背，以應付國語文課程或考試的需求，成語成了純粹應付考試的「死教材」。除此之外，由於成語的意義大都並非完全由字面可以理解，真正的涵義往往都隱藏在其背後的典故中，倘若不了解成語的典故而只是依賴著死背來記住成語的涵義，這無疑是一個令人頭痛的負擔，也免不了會出現成語誤用的窘境。

　　有鑑於此，本研究欲將成語與西方隱喻理論結合，試圖透過西方隱喻理論的觀點看待成語，分析出成語中所蘊含的隱喻成分、技巧及其所產生的審美藝術價值，並將以上重點帶入國語文教育中，以期能夠透過老師的教學，引導學生以理解的方式來認識成語、自然的內化成語，並因此使學生感受到成語之美及藝術價值。

二、研究方法

　　本研究依每一章節內容的不同而採用了不同的研究方法進行論述。關於各研究方法的使用敘述如下：

（一）現象學方法

　　現象學方法，是解析語文現象或以語文形式存在的事物所內蘊的意識作用的方法。（周慶華，2004：94）要觀察意識對象如何在意識活動中顯現並構造自身：

> 現象學（方法）要研究的是意識的指向性活動、意識向客體的投射、意識透過指向性活動而構成的世界。主體和客體在每一個經驗層次上（認知和想像等）的交互關係才是研究重點。這種研究是超越論的，因為所要揭示的乃純屬意識、純屬經驗的種種結構；這種研究要顯露的，是構成神秘主客關係的意識整體的結構。（鄭樹森，1986：84引艾迪說）

現象學方法的口號是「回溯到事物本身去」。意思是要人們透過直接的認識去把握事物的本質。（周慶華，2004：96）因此在運用現象學方法時，把意識所作用的對象的實有性「存而不論」後，剩下

來的就是針對該意識作用進行「描述」(它是經由解析後的描述而不是一般泛泛的描述)。(同上,97)不論現象學方法運用在何種範疇都有一個基本特徵——「還原過程」:

> 它的真正主題是關於世界知識發生的方式。還原過程包括兩個主要步驟:第一步是現象學的還原。透過這一步驟,一切已知的東西就會變成感官中的現象。這是透過意識並在意識中被認識的;而這裡所說的認識包括直覺、回憶、想像和判斷等廣泛意義上的認識形式。這種還原倒轉了人們的視野方向,從面向客觀轉到面向意識。第二步驟是頭腦中映象的還原。透過這一步驟,從複雜的變化多樣的意識中直覺到當中不變的本質及其結構;就是在各種現象中直覺到的同一東西,它變化過程中繼續保持不變。跟這兩個步驟相對應的具體方法是現象學的先驗還原法和本質還原法。在這兩種方法中,直覺有特殊重要的地位;它是最先的認識活動,是對對象的直接領會。因此,現象學方法可說是一種直覺的方法。(王海山主編,1998:10-11)

在本研究中,從西方隱喻理論的觀點來探究成語,重點在發現成語本身所內含的意識作用,因此對成語所顯現出的表象存而不論,而回溯到成語本身的來源、出處,並藉此與其所要表達的真正涵義作連結。所以關於這一個部分必須使用現象學方法來深入探討。

(二)語言學方法

語言學方法,是探討語言現象的方法,而語言現象可以總歸結為語法。(陳湘屏,2009:7)語法所涵蓋的內容如下:

語法包括了說話者對其語言所知的一切——語音系統，所謂音韻學（phonology）；意義系統，所謂語意學（semantics）；造詞規則，所謂構詞學（morphology）；以及造句規則，所謂句法學（syntax）；當然，也包括了字彙——字典或心理詞彙（lexicon）。（羅德曼，2007：21-22）

每一種語言都由其自身的語法架構而成，對照印歐語言的語法，漢語語法具有以下的特點：

1. 缺乏嚴格意義的型態變化，如英語的 write、wrote、written、writing 是同一個詞的不同變形，漢語只需用「寫」表示。語序、虛詞為主要的語法手段。

2. 詞類具有多功能性，與句法成分之間不存在簡單的對應關係。如動詞既可充當謂語，又可充當主語和賓語，型態都不改變。

3. 詞、短語和句子的構造原則基本一致。漢語的詞、短語、句子都有主謂、述賓、聯合、偏正、補充等五種基本結構類型。

4. 有獨具特色的詞類和短語，句式多樣化。現代化漢語裡有十分豐富的量詞，有用以表達種種語氣差別的語氣詞，有主謂謂語句這種印歐語所缺乏的特殊句式。（張登岐，2005：315）

　　成語是漢語中的一種特殊的語言表現形式，因此在本研究中對於成語的性質、類型等方面必須藉助語言學方法來加以界定。

（三）修辭學方法

　　英人培根（Bacon）在《修辭論》（*Antitheta*）中提到：「修辭的任務是將推理加入於想像而動人意志。」美國巴斯柯姆（Bosscom）《修辭的哲學》：「修辭學是講授造詞規則的技術。所謂造詞，是用語言表達情思，以期達到預定的目的的意思。」日本島村瀧太郎《新美辭學》：「修辭學就是美辭學，是研究如何使詞藻美麗的學問。」中國學者陳望道《修辭學發凡》：「修辭原是達意傳情的手段，主要的為意與情，修辭不過是調整語辭使達意傳情能夠適切的一種努力。」陳介白《新著修辭學》：「修辭學是研究文辭之如何精美的表出作者豐富的情思，以激動讀者情思的一種學術。」（黃慶萱，2002：5引）由以上所述可知，修辭學方法要探究的是語詞的表面構辭規則及內蘊的情意（此為修辭學方法研究的最核心部分）。

　　本研究重點之一為成語中的隱喻成分、技巧的分析，而這一部分就必須從修辭學方法的觀點著手進行探究。

（四）美學方法

　　美學方法，是評估語文現象或以語文形式存在的事物所具有的美感成分（價值）的方法。（周慶華，2004：132）所謂的「美感成分（價值）」有學者提出這樣的見解：

　　　　一個欣賞者從文學作品中所經驗到的不單是知道那裡面說
　　　　的是什麼……而是能從中經驗到一種有異於現實感受的喜
　　　　愛。這種喜愛，不是現實的喜怒哀樂，而是從現實的喜怒哀

樂混合釀成的一種更純粹的感情品質……一個作家是把他
的美感隱寓於喜怒哀樂的意象中用語言或其他記號來表
達；而欣賞者就相反，從那記號用心還原那喜怒哀樂的意
象，也就在那還原的意象中體味或享受那美感……文學的極
致價值雖然關係於美的經驗、美的感情，但那感情的品質又
跟所經驗的材料息息相關。那經驗的材料，我們已經把它安
排作繼起的意象；而繼起的意象必待外射為語言（說在口裡
或寫在紙上），然後始成為欣賞的對象和批評的對象。（王夢
鷗，1976：249-251）

由上述可知，美感成分（價值）存在於語文中，因此要提取語文
的美感成分（價值），就審美取向的方法論類型而言，就是將相
關的語文從某些特定的形式結構來進行論斷。（周慶華，2004：
133）如：

語文成品凡是藝術化後都具備一定的形式；這一定的形式
的構成，一般稱它為美的形式。由於不是一切的形式都是
美的形式，而是符合某種條件的形式才是美的形式，所以
對這一美的條件的探討就屬於美學的範圍。（姚一葦，
1985a：380）

承載或身為文學作品的美的形式卻不得不關聯「意義」（內容）。以
至大家所指稱的文學作品的美可能就是表露於形式中的某些風格
或特殊技巧（表達方式），而這些風格或特殊技巧始終都是關涉文
學作品的形式和意義的。（周慶華，2004：134）

　　成語在透過隱喻的作用後所產生的審美藝術是抽象的，因此必
須經由美學的觀點來將其具體闡述，才能完全的展現成語本身的審
美藝術及隱喻在成語中的價值。

（五）社會學方法

社會學方法，是研究語文現象或以語文形式存在的事物所內蘊的社會背景的方法。（周慶華，2004：87）相關語文現象或以語文形式存在的事物所內蘊的社會背景的解析，大體上有兩個層面：一個是解析語文現象或以語文形式存在的事物是如何的被社會現象所促成；一個是解析語文現象或以語文形式存在的事物又是如何反映社會現實。（同上，89）有位學者就針對文學作品與社會間的互動做出以下的看法：

> 我們可以把文學作品視為社會的產物和工具，也可以把社會看作是文學的外圍環境，可以從讀者群、作者的世界觀、內容分析、語言學和意識型態等角度來對文學進行分析。我們也可以把文學作品視為跟這些決定論無關的創造中心，儘管它們在社會中也許具有某些潛在的力量。〔福勒（R. Fowler），1987：256〕

以語文研究而言，社會學方法著重在探討語文與社會的「互動」，而「互動」的產生在於「應用」層面。本研究最後要探討的是如何將成語的隱喻藝術應用在國語文教學中，而這一部分就必須從社會學方法來切入探討。

第三節　研究範圍及其限制

本研究是透過西方隱喻理論來探究漢語成語中所隱含的隱喻知識及因隱喻而產生的藝術審美價值，所以主要由「漢語中的成

語」、「西方隱喻理論」及「藝術審美價值」三個成分來建立一個完整的知識系統。理論是一種有組織的知識；這種知識是由「一組通則結合成的系統，這種通則彼此相聯，並且表示變項間的關係」。（呂亞力，1991：18）這種連結的方式，就是所謂的解釋。（周慶華，2004：7）正如荷曼斯（Homans）所說的：「所謂一個現象的理論，就是一套對此現象的解釋，只有解釋才配得上用『理論』這個名詞」。（荷曼斯，1987：18）由以上可證，本研究是屬於理論建構的模式。

「理論建構，講究創新。大致上從概念的設定開始，經由命題建立到命題的演繹，及其相關條件的配置等程序而完成一套具體且有創意的論說。」（周慶華，2004：329）由以上可知，理論建構必須經由三個程序而成立——「概念設定」、「命題建立」及「命題演繹」，關於「概念」、「命題」及「演繹」三者說明如下：

> 概念在通義上，原被設定為是思想的基本單位。思考活動離不開概念，透過概念，世界方可開展於我們面前。（周慶華，2004：41）

> 由於概念不具有解釋的功能，所以必須有命題的建立來說明，且命題要能陳述和測定兩種現象間的普遍關係才算數。（同上，45）

> 演繹，是指由普遍命題引申出經驗命題的過程，也就是所謂的解釋。（同上，11）

以下為本研究針對「概念設定」、「命題建立」及「命題演繹」分別設定而成的理論建構，圖示如下：

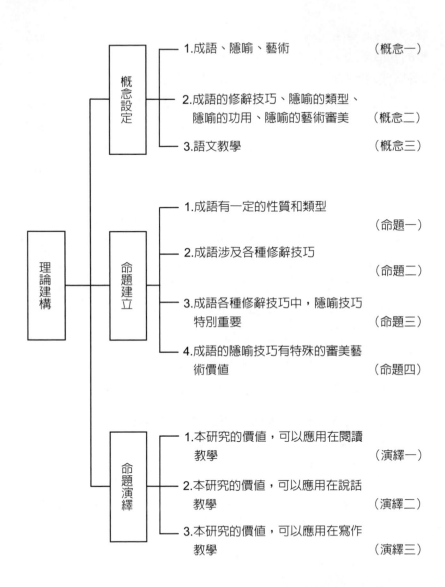

圖 1-3-1　理論建構圖

　　從上述的理論建構圖，可以歸納出本研究範圍，進而交代限制。首先在概念上本研究鎖定「成語」、「隱喻」及「藝術」三個概念，但此三個概念間的關係並非彼此對等，而是處於一種「包含於」的關係，如下圖所示：

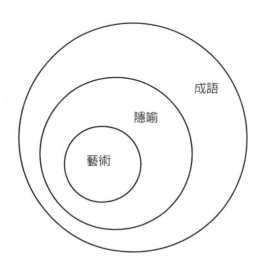

圖 1-3-2　概念關係圖

在一般情況下，原則上成語、隱喻及藝術三者都可成為獨立的研究範疇，我們可以從不同的角度，例如文化、心理、社會、認知、科學、語言學等等，來個別研究這三個概念。也就是說，這三個概念可各自成為研究的主體，在這樣的情況下，成語、隱喻及藝術三個概念間的關係是對等的。但在本研究中，成語、隱喻及藝術的關係為「包含於」，也就是「藝術包含於隱喻包含於成語」。換句話說，就是「成語中的隱喻」及「成語隱喻中的藝術」，因此由三者之間的關係可提取出本研究所設定的研究主體是「成語」，從語文研究的範疇來看，這是本研究在語文研究中所限定的最大範圍。

　　成語匯集了千百年來先人們的智慧，累積數量可觀，因此本研究必定要先對成語的性質下定義，一旦性質明確，可研究的材料範圍便可根據性質篩選出來，最後再將所挑選出的成語依「人、事、物」三種類型作分類。至此，研究材料的範圍大致限制為「關於『人』的成語」、「關於『事』的成語」、「關於『物』的成語」三種（命題一）。研究材料底定後，本研究設定從修辭學的範疇來探討成語。首先分析所設定的三類研究材料各涉及了哪些修辭技巧（命題二），從而分析出隱喻技巧的重要性。隱喻技巧是本研究的欲探討的概念之一，但重點不在隱喻技巧本身，而是要探討成語中的隱喻技巧，藉由「成語運用隱喻技巧的類型」及「成語運用隱喻技巧的功用」兩個部分來解釋成語中隱喻技巧的重要性（命題三）。

　　修辭所以存在於語言文字中，最主要的原因是語言文字有藝術審美上的需求。一篇文章或是一段話語可藉由修辭技巧的運用，使得文句內容表意更具體優美，形式及搭配更顯流暢等，而成為一篇深入人心的佳作或是一段動聽感人的妙語。在成語的隱喻技巧中，我們可以探討出隱喻技巧在認知、心理、社會、文化等方面對成語產生的影響，但隱喻技巧畢竟為修辭技巧中的一類，因此免不了要對隱喻技巧在成語中發揮了的藝術審美價值作一番深入的探究（命題四），而這也是本研究的重點部分。

　　一個研究除了要將理論完整的建構出來之外，更要連結到實際應用的規畫上，如此一來才能使研究出的理論更知所伸展方向，並益發彰顯出該理論的價值。本研究在確立了成語隱喻的技巧及藝術審美價值的理論後，最後就是要提示將這一套理論應用在語文教學中，使它可以有包括「應用在閱讀教學上的價值」（演繹一）、「應用在說話教學上的價值」（演繹二）、「應用在寫作教學上的價值」（演繹三）等三種價值，希望透過在以上三者的應用演繹，使理論發揮更大的功效。

　　經由上述可歸納出，本研究的範圍在成語中隱喻技巧的運用及所產生的藝術審美價值，並倡導將此研究理論運用在語文教學中的閱讀、說話及寫作教學上。然而，成語是累積千百年的智慧結晶，再加上其表象的文字排列所呈現出的特殊性、精簡性，及其內蘊的廣大意義，涵蓋了許多值得研究的部分，例如從文化學的角度探討成語的民族性；從語法學的角度分析成語的語言結構；從語義學的角度探討成語的意義的連結；從語用學的角度探討成語在不同語境中的使用，以上所提及的內容等等，它們或許也會間接關聯成語的藝術審美，但礙於研究主題的設定，都不在本研究範圍內，所以為本研究的限制，在此提出供往後研究的參考。

第二章　文獻探討

第一節　成語

　　成語為漢語詞彙特色之一，除了蘊含千百年來的歷史積累，再加上其四字格的組成結構及表義的雙層性等等，內含豐富的可研究素材，因此關於成語的探討及研究繁多。為了讓本研究的主題──「成語」能夠明確的定義並將其範圍規範出來，在這一節中，我試為從成語的定義及規範、來源、形式結構及內容涵義等著手進行文獻的探討。

　　周荐對於成語的研究不遺餘力，在其著作《詞彙學詞典學研究》中所收錄的〈論成語的經典性〉、〈成語規範問題略談〉及〈成語問題四論〉等文章，對於成語的定義及規範、來源、形式結構及內容涵義都有所建樹，也符合本研究所需，因而以其為首重的參考文獻進行探討。

　　首先，關於成語的定義及規範，周荐在〈成語規範問題略談〉中提出了「成語為熟語中的一類」的概念，他以「雅俗」作為分類的依據，將熟語分為雅言和俗語兩類，其中成語歸屬於雅言，而俗語下則涵蓋了諺語、慣用語及歇後語三種。周荐認為成語多由古樸、典雅的語素成分構成，結構多採用四字格語式，且多為文人或士大夫階層所造和使用，因而屬於雅言。此外，周荐也在文章中提出了建立成語具有規範的穩定形式的兩個性質，其一是「成語都是

語言的，根本不存在什麼某一時代的成語」，認為成語如果沒有得
到全社會的認可，未能禁受得住時間的考驗，那麼就不具備成語的
資格；其二是「成語都是語言的，根本不存在什麼某一地域的成
語」，關於周荐認為成語不具「方言成語」的理由，詳述如下：

> 成語中的一些單位帶有某些方言的痕跡，並不能使我們得
> 出成語中有所謂「方言成語」的類別的結論。理由有三：
> 第一、帶有某種方言痕跡的成語，數量極小，在成語中所
> 佔的比例微乎其微，不足以改變成語總體上的語言的性
> 質；第二、為某些人所造的用語單位一經成為成語，就在
> 全語言社會通用，成為了全民的工具，而不只在狹小的範
> 圍內使用，從而也就失去了方言的意義；第三、某些成語
> 雖然帶有方言的痕跡，但是全民使用者並不留意也並不在
> 意這些痕跡，所注意並使用的是該成語主要的意義內容。
> （周荐，2004：318）

由上述可知，周荐為歸屬於雅言的成語作出了規範：（一）不能是
瞬時的作品，必須禁受過或禁受得住時間的考驗；（二）作為雅言
的成語不能是方言作品，必須視為全語言社會所接受的單位

其次，周荐在〈論成語的經典性〉一文中，嘗試以「經典性」
來定義並規範成語。對於「經典性」周荐提出以下的說明：

> 所謂經典性，是說某個熟語單位出自權威性的著作，由於該
> 熟語所從出的著作具有權威性，熟語本身也具有了一種權威
> 性。有些熟語源出於權威性著作，有些熟語不源出於權威性
> 著作而出自普通作品或乾脆就是一種口頭創作，由此顯示二
> 者的區別：前者古樸、凝重，具有經典性；後者通俗、直白，
> 不具經典性。（周荐，2004：282）

可見周荐所謂「經典性」的重點在於「須出自權威性著作」。接著他又提到成語多出於權威性的著作，如十三經、官修和私撰的正史、子書和集書中的名家著作，因而具有經典性。

　　除了經典性以外，周荐也在此文中從「意義內容」和「形式結構」兩方面來說明成語屬於雅言的原因。在意義內容方面，周荐提出成語語素多古樸典雅，因此自過去到現在都為知識分子所採用，而成語也因其古樸典雅的意義內容與他類熟語產生區別。在形式結構方面，周荐藉由統計《中國成語大辭典》中的成語來證明成語以四字格為主，統計結果如下：

> 《中國成語大辭典》收條目 17934 個，其中由四音節構成的有 17140 個，約佔總數的 95.57%；非四音節構成的有 794 個，僅約佔總數的 4.43%。四字格作為成語的基本格式的情況，於此可見一斑。（周荐，2004：291）

對於成語以四字格為主要形式結構的形成原因，他提出由於漢人有形成既久的重偶輕奇的語言心理，而《詩經》的語言形式恰好符合了這個要求，因而前人以《詩經》中的某些原句為基礎，來確立成語的四字格形式，加上後人又加以仿擬創造，所以成語以四字格作為其構成的基本格式，乃是歷史的必然。（周荐，2004：289-290）

　　成語因多出於權威性著作，而具有經典性，但並非所有成語都符合此條件。一些成語是由古諺演化而來的，對此周荐提出以下的說明：

> 部分諺語之所以能夠轉變成為成語，從客觀上講，一般都歷史久遠，而且在權威著作中出現過；從主觀上說，乃是語言發展到後世，人們比較前代的某個諺語，因其古舊不覺其俗反覺其雅所致。（周荐，2004：292）

因此諺語能夠轉變為成語,同樣必須經過時間的考驗以及符合經典性的資格,並非所有的諺語都能晉升為成語。然而,對於上述的轉變情形,周荐提出了這樣的看法:

> 不同種類詞彙單位間轉化情形的存在,不應被用作否認不同種類詞彙單位間有本質區別的根據。站在共時的角度上,無論是知識分子還是識字不多的普通百姓,大多能夠輕而易舉的分辨出「雅」的熟語、「俗」的熟語。個中原因也主要在於二者存在著本質的區別,即:前者多含有古樸、典雅的語素成分,這些是普通百姓不大使用甚至難以理解和接受的;後者中出現的一般是通俗、直白的語素成分,而這樣的成分又是較難在知識分子口中聽到的。(周荐,2004:294)

在此文的最後,周荐首先歸結出成語的兩個特徵:(一)形式上的四字格式;(二)內容上的古樸典雅的語素成分。雖說有兩個特徵,但此兩個特徵在成語判斷的標準上並非地位相當,周荐認為「形式上的四字格式是相對的標準」而「內容上的古樸典雅是絕對標準」。換句話說,倘若是一個詞彙符合四字格的形式,但內容卻是通俗直白的言語,還是無法符合成語的標準。(周荐,2004:295)其次,周荐提出了成語中分別有記錄寓言故事、神話傳說、史實佚聞及富含哲理的古代諺語,成語記錄了這些文化珍品,使自身成為了具有豐厚文化內涵的語言詞彙單位,因此成語最能表現民族文化的內涵。(同上,297)

最後,周荐在〈成語問題四論〉中針對成語的形成及來源、四字格的形式、內容及成語不能是方言的四部分進行論述。在文中周荐提出,成語從被創造出到成型,要經過一個不太短的時期,必須經過一個較為漫長的「成」的過程,而後才成為「語」。(周荐,2004:301)他提出成語的來源最早可追溯至先秦時期,其敘述如下:

今天所看到的成語有相當一部分可以追溯到先秦，是在先秦
即已有雛型而後成型的。先秦時代的著作中的語句形成後世的
成語較多的主要是十三經，其中又以《論語》為最……據有
人統計，今天的成語而出自《論語》的有 255 條，它們絕大多
數都從漢代開始才逐漸為人引用而被人視為成語，鮮有在先秦
即為人所引用而被人視為成語的情況。（周荐，2004：302-303）

在此文中除了上述概念外，其餘部分內容與前述兩篇文章內容大致
相同，所以不在此多作敘述。

周荐在《詞彙學詞典學研究》一書中，透過〈論成語的經典性〉、
〈成語規範問題略談〉及〈成語問題四論〉等文章，為成語的定義、
特徵及範圍作了詳細了論述，內容所及包含成語的來源、形式、內
容及與他類熟語的區別等。但美中不足的是，周荐認為「內容上的
古樸典雅」是判斷是否為成語的絕對標準，然而「古樸」及「典雅」
都為抽象的形容詞，倘若無明確的為二者下定義，則會因個人認定
上的不同而有所差異；而周荐在其書中並無對「古樸」及「典雅」
作出明確的定義及舉例，此為一大缺憾。

徐國慶在《現代漢語詞彙系統論》中也針對成語作了一番論
述。首先，徐國慶從詞彙學的觀點定義出了狹義的熟語為大於詞但
與詞等價的一些具有表意的整體性和使用的習用性的固定詞組，提
出固定詞組是指「組合成分不能隨意更換，組合關係固定不變，在
句子中作為一個語言單位運用的詞組」，因而指出其範圍包含成
語、歇後語、慣用語等。（徐國慶，1999：135）

在成語的形式方面，徐國慶指出成語在形式上具有「定型性（或
稱凝固性）」，並從「語素定型」、「詞序固定」及「字數固定」三點
來探討。「語素定型」指的是成語的構成成分固定，不能隨意替換；
「詞序固定」為構成成分間的結構關係是固定的，不能隨意變更構

成成分的順序；「字數固定」只構成成分不能隨意增減。（徐國慶，1999：138）在成語的意義方面，徐國慶認為成語的意義有三個特徵，分別是「一般性」、「融合性」及「雙層性」。「一般性」指的是成語的語義內容是表示客觀世界的一般對象或現象的性質、狀態或特點的，所以其意義是話語交際中經常涉及的最一般的語義內容；「融合性」為成語所要表達的意義是不可分割的，並不是構成成分合加起來所表示的意義；「雙層性」指成語中的字面意義是實際意義表義的基礎，實際意義是字面意義發展出來的結果。這實際意義是透過字面意義進行比喻的實際內容，字面意義則是比喻實際內容的基礎。（同上，143-144）

　　從上述可知徐國慶對成語是以較廣義的層面來定義，他分別對成語的分類、形式及意義作較大範圍的定義及特徵上的說明，這樣或許無法較明確的劃分出成語的性質及範疇，也有產生些許誤差的可能。例如對於成語的字數，他只提到「字數固定」，未免太過籠統，倘若能在成語的字數上加以探討，想必能夠為成語劃分出更明確的範圍。另外，在成語語義方面，徐國慶提出了「一般性」、「融合性」及「雙層性」三特點，但就他對「一般性」及「融合性」的定義來看，這二個特點為詞的共通性，似乎無法作為分辨成語的特徵。單就成語語義的「雙層性」來看，徐國慶提出「實際意義是字面意義發展出來的結果」此一看法，但卻未對實際意義究竟是如何從字面意義發展出來及二者之間的關係為何等作出說明，而此乃本研究所要探討的重點之一。

　　在程祥徽及田小琳合著的《現代漢語》中也對成語作了概略的探討。首先，針對成語，他們提出了下列的概略說明：

　　　　從成語的構成看，「四字格」是它的形式特點。四個有意義
　　　　的語素的組合，在反應信息上有很大的容量。一個成語可以

　　濃縮一個故事，可以講明一個哲理，運用成語得當，使得表
　　達豐富而簡練，且具有各種修辭色彩。（程祥徽、田小琳，
　　1992：219）

接著他們提到成語有兩個基本特徵：一是「結構的定型性」；一是
「意義的整體性」。「結構定型性」指的是語素排列的語序是固定
的，不能隨意更換，也不能用同義、近義語素去更換，或者插入別
的語素（程祥徽、田小琳，1992：220）；「意義的整體性」是說一
個成語表示一個完整的意義，而且許多成語不能望文生義。（同上，
221）

　　在成語的內部組合方面，他們以四字成語為分析的主體，將成
語分為兩部分，前兩個語素為一組，後兩個語素為一組，分析出成
語的內部組合關係有並列關係、偏正關係、主謂關係及動賓關係，
並提到四個語素除了二二組合外，也有三一組合及一三組合。另
外，成語多是四字格，但也存有其他的形式。

　　關於成語的來源，他們提到：「在探求成語來源時，可以聯繫
到漢民族生活的歷史、地理條件、物質生產狀況，以致文化傳統、
生活習慣等」。（程祥徽、田小琳，1992：222）因此，成語的來源
「與歷史條件有關」，包含歷史故事、歷史史實、歷史傳說；「與豐
富典籍有關」，包含神話、傳說、寓言故事及作品中的名句；「與宗
教、習俗有關」，包含佛家語、道家語、生活習俗、文化傳統及民
間的口頭語言。（同上，222-226）

　　程祥徽和田小琳在《現代漢語》中對成語的探討也是屬於概略
的廣義說明，他們所提出的兩個成語的特徵，「結構的定型性」屬
於成語形式上的特徵；「意義的整體性」為成語內容上的特徵，但
此二個特徵在其他非成語的詞彙上也可發現，因此此二個特徵對明
確的定義出成語性質及劃分成語範圍似乎無實質上的幫助。但他們

在成語來源的推測方面，有較為詳細的敘述，此為對本研究較有助
益的部分。

鄭培秀在其碩士論文《成語句法分析及其教學策略研究》中，
對成語的定義及特徵也有作探討。在成語的定義與規範方面，她提
到成語為固定詞組，並從固定詞組與詞組、詞的差異來定義出固定
詞組，進而指出固定詞組的類別，透過成語與他類固定詞組的比
較，來說明成語形式及意義上的特點，藉以確定成語的範圍。（鄭
培秀，2005）

在成語的形式特徵方面，鄭培秀提出了「結構定型性」、「四音
節格式」及「保有古漢語語言特點」三個特徵；在成語的語義特徵
方面，她提出了「概念內容的一致性」、「語義的融合性」及「表意
的雙層性」三個特徵；在成語的語用特徵方面，她提出了「歷史習
用」及「書面用語」兩個特徵。（鄭培秀，2005）

鄭培秀對成語的定義與特徵的著墨，提供了一個研究成語的架
構。此外，她在文中大量引用各學者們對成語的見解，對本研究在
參考資料方面有極大的幫助。但也因為如此，在成語的定義與特徵
這一部分較無看到其個人的觀點。另外，在成語的定義與規範上，
鄭培秀僅提出成語為固定詞組此一定義，似乎不足以定義及規範出
成語。

由以上對各文獻探討後發現，各學者對成語在廣義部分的看法
上大致相同，如在語言的分類上，成語為熟語、成語為固定詞組；
在形式上，成語具結構定型性、四字格；在意義上，意義的整體性、
意義的雙層性等，但在狹義的細部說明上就會產生些許的差異及缺
漏。有鑑於此，本研究下一章對成語的界定中，將集結並綜合各家
的說法，並試圖補足各家有所缺漏的部分，來界定出適合本研究的
成語性質。

第二節　成語的隱喻技巧

　　關於成語隱喻的研究，在專書方面可說是付之闕如，大多都是探討成語中所涉及到的修辭法，沒有特別針對「隱喻」的部分作深入的論述探討。在碩博士論文方面，目前所見有針對隱喻應用的研究，幾乎都集中在廣告類或藝術類，並無對成語隱喻的研究。在期刊論文中有幾篇針對成語隱喻作研究探討的文章，以下將針對這幾篇文章作分析探討。

　　龍青然發表了〈成語中的隱喻格式〉這一篇文章，在文中他首先對隱喻下定義，內容如下：

> 隱喻也叫暗喻，是比喻方式的一種。它不用喻詞，而是靠一定的語法手段（語序、虛詞等）緊密連結本體和喻體，顯示其間比況性的語意關係。（龍青然，1995：29）

藉由這樣的隱喻定義，他認為「漢語中有一部分成語是採用隱喻格式選擇語素構造出來的」（龍青然，1995：29），並將含有隱喻的成語分成「單喻式」及「雙喻式」兩種類型。

　　所謂「單喻式」類型的隱喻成語，龍青然的定義為：「整個成語由一個隱喻格式構成，成語的兩個直接組成成分分別充當喻體和本體」。（龍青然，1995：29）在單喻式中，有三種類型的隱喻成語，各類型舉一例子分別為 A 組蠅頭小利、B 組犬馬之勞、C 組人老珠黃，針對這三組的差異，他的說明如下：

> A、B 兩組成語中，喻體語素在前，本體語素在後，喻體與本體之間，是修飾與被修飾的關係，構成偏正式隱喻格式。其中，A 的喻體直接修飾本體，顯示比況意義，如「蠅頭小

利」是指像蒼蠅頭那樣小的利益……B 的喻體和本體之間加了文言虛詞「之」，其比況性質更加顯明……C 組成語中，本體語素在前，喻體語素在後，二者是被陳述與陳述的關係，構成主謂式隱喻格式……如「人老珠黃」是說人老了被輕視，就像珠子年代久了會變黃，不如新珠子一樣值錢。（龍青然，1995：29）

由上述可知，龍青然所謂的單喻式隱喻成語就是將四字成語拆成前二和後二兩兩一組，可分別為本體或喻體。依前後兩組之間的關係，可將隱喻成語分為偏正式隱喻格式和主謂式隱喻格式兩類。偏正類隱喻格式喻體在前、本體在後，二者之間為相互修飾的關係；主謂式隱喻格式則是本體在前、喻體在後，二者之間為相互陳述的關係。

對於「雙喻式」類型的隱喻成語定義，龍青然說明為：「整個成語由兩個隱喻格式並列構成，成語的兩個直接組成成分各包含了一個喻體和一個本體」。（龍青然，1995：29）而在雙喻式中有四種類型，各類型舉一例子分別為 A 組金科玉律、B 組風馳電掣、C 組冰清玉潔、D 組心猿意馬。針對這四組的差異，說明如下：

A、B、C 三組成語都包含了兩個偏正式隱喻格式。在每個隱喻格式內部，前一語素都是名語素，是修飾成分，充當喻體；後一個語素則分別是名語素（A 組）、動語素（B 組）和形語素（C 組），是被修飾成分，充當本體。如「金科玉律」是指像黃金和美玉一樣盡善盡美，不可變更的條規；「風馳電掣」是形容像刮風和閃電那樣迅速；「冰清玉潔」是說人的品行像冰和玉一樣高尚純潔。D 組成語包含了兩個主謂式隱喻格式，每個隱喻格式中，喻體語素居後，陳述說明前面的本體語素，如「心猿意馬」是形容心思不專，變化無常，

好像馬跑猿跳一樣。上述四組成語都是兩個隱喻格式並舉連用，喻體和本體在成語中交替出現，整個成語結構上成雙配對，勻整對稱；意義上互為補說，意韻豐厚。（龍青然，1995：29-30）

由上述可知，龍青然所謂的雙喻式隱喻成語同樣是將四字成語拆成前二和後二兩兩一組。但是和單喻式隱喻成語不同的是，在這兩組中各自有一個本體和一個喻體形成隱喻；也就是說，一個成語中有兩個隱喻並列說明同一個事物。在雙喻式隱喻成語中；依各組中的隱喻關係，同樣可分為偏正式隱喻格式和主謂式隱喻格式兩類。偏正類隱喻格式喻體在前且都是名詞語素，而本體在後可為名詞、動詞或形容詞語素，喻體和本體之間為相互修飾的關係；主謂式隱喻格式則是本體在前、喻體在後，二者之間為相互陳述的關係。

最後，龍青然對隱喻成語作了以下的結論：

隱喻式成語是修辭手法（比喻）作用於詞彙現象（造詞）的結果。這部分成語大多具有鮮明的形象色彩，它使成語所指客觀對象更加生動活潑，富有實感性……有些隱喻式成語還具有強烈的感情色彩。有的持肯定的態度，表讚許之情，如「冰清玉潔」；有的則持否定態度，帶貶斥之意，如「狐群狗黨」。值得注意的是，這種褒貶色彩的表達大多與成語中喻體語素的選擇相關聯。（龍青然，1995：30）

從結論可看出，龍青然認為隱喻是成語在構詞時的一種修辭手法，也就是隱喻只作用在成語的語素組成的部分。綜合前面他所提出了單喻式和雙喻式隱喻格式的說法，可知龍青然是從語法的角度來分析成語中隱喻的運用，而且對隱喻的認知是從傳統修辭學方面著眼。

　　龍青然以傳統修辭學中隱喻的定義來分析成語的語素組成是
可想而知的，因為在傳統修辭學中，對隱喻的判斷僅僅是憑藉著其
中的語素成分及組成，所以可分析的範圍較受侷限，而這也是龍青
然對成語隱喻研究的侷限。倘若是能夠加入西方隱喻理論來分析研
究成語隱喻的運用，想必能使成語隱喻的研究成果更加豐碩。

　　蘇冰在〈英漢成語中概念隱喻的思維結構對比〉文中，以西方
隱喻理論的觀點對成語與隱喻的結合作了概略的說明。首先他對雷
可夫和詹森在《我們賴以生存的譬喻》中所提出隱喻理論作說明。
內容如下：

> 雷可夫和詹森從哲學的角度考察隱喻，認為隱喻不僅僅是
> 一種語言現象，它的本質是以一種事物去理解和體驗另一
> 種事物。他們棄哲學中傳統的主觀主義和客觀主義而他
> 顧，指出了人類認知世界的第三條道路，並名之為「經驗
> 主義」（experientialism），即基於經驗的綜合法，其切入點
> 便是隱喻。雷可夫和詹森認為隱喻是「想像的理性」，是橫
> 跨主觀主義和客觀主義的橋樑。隱喻首先構建了人類的思
> 想和行為，進而構建了人類的語言……從語言的闡釋和修
> 飾功能上看，隱喻是「以一個異質而同值的語詞置換在常
> 規詞序中應該出現的詞」，是「根據聯想，抓住不同事物的
> 相似之點，用另一事物來描繪所要表現的事物」。（蘇冰，
> 2005：47）

由上述可整理出，雷可夫和詹森認為隱喻的本質是以一種事物去理
解和體驗另一種事物。換句話說，就是根據聯想，抓住不同事物的
相似之點，用另一事物來描繪所要表現的事物。將這一本質上的概
念套用到語言上，就是以一個異質而同值的語詞置換在常規詞序中
應該出現的詞；而就應用的層面而言，隱喻首先構建了人類的思想

和行為，進而構建了人類的語言。也就是說，隱喻將人類的思想和行為與語言連結，先有思想和行為，進而創造出語言。此外，蘇冰在文中進一步提到雷可夫和詹森提出的「概念隱喻」的想法：「根據概念隱喻理論，語言是我們概念系統的產物，是概念將語言系統化，而不是語言將概念系統化」。（蘇冰，2005：47）

根據西方隱喻理論，蘇冰對隱喻的看法如下：

> 隱喻是一種思維現象，它在認知世界的過程中受個人思維方式的影響，一個民族的思維方式和思維習慣反映了其民族文化心理素質最基本的特徵。漢民族的樸素的辯證觀念導致其對形象思維的偏重。形象思維通過運用聯想、類比的方法對思維客體從整體上進行把握，通過物體的形象表達思想。這種形象思維在語言上表現為漢語辭彙多姿多彩，聯想豐富。（蘇冰，2005：48）

而對於成語和隱喻的可作成連結的原因，蘇冰提出下列的說明：

> 成語形成於特定的語言環境中，並能將當時複雜的語言環境凝煉為言簡意賅的、只由幾個字或片語成的固定的語言表達方式，所以成語的內涵豐富，大多數成語都不能僅被看作一個詞，而應視為一個整體概念，甚至可以看作一個篇章。當後人再度使用該成語時，是把它運用到一個全新的語言環境中，成語及其包含的篇章內容，作為一個概念整體被啟動，並映射到新的語言環境所形成的概念整體上去。這一過程是發生在概念層次上的，是源域與的域間的映射和互動，符合雷可夫和詹森關於概念隱喻的定義。（蘇冰，2005：48）

因此，蘇冰對於成語隱喻技巧的結論如下：

很多成語可以用概念隱喻來分析，是隱喻性的語言表達方式。概念隱喻理論認為：同一個「源概念」會有多個不同「的概念」隱喻，分別聚焦該概念的不同方面，同一概念的不同概念隱喻之間具有系統性。因為概念是系統的，所以其相應的語言表達方式也是系統的。成語的語義規律符合概念隱喻理論的系統性原則，許多不同的成語來源與同一個概念隱喻，不同的概念隱喻又可能針對同一個概念。因此，這些成語之間存在著系統性的聯繫。隱喻不僅是語言的問題，更是概念的問題，是人類的思維方式。（蘇冰，2005：49）

蘇冰使用了西方隱喻理論的概念研究成語的隱喻技巧，將成語與隱喻連結的研究拓展到成語語義的部分，提出了成語語義與來源間的隱喻關係的想法。可惜的是，蘇冰僅作出概念上大略的說明，並無詳細的鑽研與提出實例印證，因此並無一個完整的理論架構呈現。而這就是本研究所要努力的目標。

張春暉在〈認知思維與英漢成語隱喻互譯〉對成語隱喻技巧的部分也有些許的說明。關於隱喻，張春暉的看法為：「隱喻是一種思維現象，它在認知世界的過程中受個人思維方式的影響」。（張春暉，2003：121）對於隱喻中本體和喻體的關係，張春暉的說明如下：

隱喻的關鍵在於喻體（the vehicle）與主體（the tenor）之間必須有極其相似的一點或幾點，即相似點（elements of resemblance）。隱喻通過相似聯想（association of similarity）對本體進行描述，藉以構成比喻的相似事物即為喻體。（張春暉，2003：122）

而有關成語隱喻技巧的運用，張春暉提出下列的看法：

漢語中的成語、諺語等是人們認識凝定於語言的結晶，同思
維密切相關，都具有隱喻的特徵。如：「碰釘子」、「翹尾巴」、
「背黑鍋」、「不成器」、「不打自招」等等。這種表意方法滲
透著形象思維、聯想思維以及對比思維的特點。有些經由引
伸途徑，使空乏概念實際化，如：「赤子之心」、「明火執仗」、
「一針見血」等；有些通過寄託方式，使精微哲理淺顯化，
如：「揠苗助長」、「守株待兔」、「水中撈月」等；還有的採
取修辭方式，使抽象意義具體化，如「唇齒相依」、「千鈞一
髮」、「人仰馬翻」等。（張春暉，2003：121）

　　由上述可知，張春暉認為隱喻是一種思維現象，思維的關鍵在
於本體和喻體間必須還含有相似點，進而引發相似聯想，而成語的
表意過程中包含了形象思維、聯想思維及對比思維，同樣也是一種思
維現象，因此成語的表意過程與隱喻相關。而成語含有隱喻的表意過
程，可使空泛概念實際化、精微哲理淺顯化或使抽象意義具體化等。
張春暉在文中對成語和隱喻在表意的相關性作了概略的說明，舉出
了例子但無加以分析說明，因此同樣並無一套完整的理論架構呈現。
　　羅瑞球在〈概念隱喻理論和漢語成語運用中的隱喻性思維結
構〉中，對成語隱喻技巧的使用有較為詳細的舉例說明。在文中他
首先結合了中、西方的隱喻看法。說明如下：

本文的理論支撐是雷可夫和詹森的概念隱喻理論。這裡的「隱
喻」包含兩層意思：隱喻是概念體系內不同域之間的映射，
即概念隱喻，也稱隱喻概念；作為一種現象，隱喻既包含了
系統化的概念間的映射，又包含了單個的語言運算式。傳統
修辭學中的隱喻辭格，概念隱喻理論認為它是隱喻的語言運
算式，因而，本文中提到的「隱喻」是指概念隱喻，傳統意
義上的「隱喻」則稱為「隱喻表述」。（羅瑞球，2003：106）

羅瑞球對隱喻的定義有兩個層面，其一為「概念隱喻（隱喻概念）」，指的是概念系統內不同域之間的映射；其二為「單個的語言運算式」，此即傳統修辭學中隱喻的定義。

關於成語與隱喻的連結，羅瑞球的看法如下：

> 從漢語成語的研究中可以看出，凡成語均有來源，或來自書面的史書經傳，或來自於口語的民間謠諺，成語有來源是其獨有的特點，也是成語區別於一般辭彙的特點之一。成語的來源和它的意義密不可分，大量的成語釋義，首先要交代來源、說明出處，對少量不包含典故的成語，也要解釋其特有的含義，這是因為成語的來源已經固化在它的意義之中了……這一思維過程是發生在概念層次上的，是「源域」與「的域」之間的映射和互動，完全符合雷可夫和詹森關於概念隱喻的定義。（羅瑞球，2003：107）

此外，羅瑞球實際操作了成語和隱喻的連結，內容如下：

> 「嶄露頭角」這個成語出自〈柳子厚墓誌銘〉，原文如下：「雖少年，已自成人，能取進士第，嶄然見頭角」。這一段話包含三個基本要點，分別是「柳宗元（才子）」、「年少已德才兼備」、「柳宗元的傑出才能——考取進士第」三點凝煉為成語「嶄露頭角」，用來比喻青年人顯露出來的才能。在《香港超人李嘉誠傳》第 23 章裏將題標為〈乃父之風小超人嶄露頭角〉，就借用了「嶄露頭角」這個成語。李澤鉅、李澤楷兩兄弟皆有「小超人」之稱，但後來「小超人」多冠之於李澤楷，因澤楷頗具乃父銳意進取之風，衛視交易，澤楷名聲大噪。他獨創事業，似不會秉承乃父衣缽。這一段話也包含三個要點「李澤楷（李嘉誠之子，是小超人）」、「李澤楷

銳意進取，獨創事業」、「李澤楷衛視交易，名聲大噪」，陳
美華在使用「嶄露頭角」時的思維過程就是一個隱喻性的思
維過程。在這個過程中，唐朝韓愈在〈柳子厚墓誌銘〉語言
環境中的「嶄露頭角」是源域，它被啟動之後作為一個整體
概念投射到《香港超人李嘉誠傳》中的「嶄露頭角」上，具
體的投射關係為：「小超人李澤楷」隱喻為「才子柳宗元」；
「李澤楷銳意進取，獨創事業」隱喻為「柳宗元雖年少，已
自成人」；「李澤楷因衛視交易，名聲大噪」隱喻為「柳宗元
能進取進士第」。（羅瑞球，2003：107-108）

　　羅瑞球對成語隱喻技巧的研究，涉及了成語「從語源到語義」
及「從語義到使用」兩方面隱喻技巧的運用，拓展了成語隱喻的研
究範圍，並為成語隱喻理論建立了基礎。而羅瑞球的研究內容與本
研究有非常大的相關，可作為本研究建立理論架構的參考，對本研
究有極大的引導作用。至於他還無力全面性的處理成語的隱喻藝術
問題，則本研究會試為彌補。

　　經由以上的文獻探討可發現當代西方隱喻理論以雷可夫和詹
森所提出的概念隱喻為主。從龍青然、蘇冰到張春暉都是僅單就中
或西方的隱喻概念來大略說明成語隱喻技巧，所觸及的範圍也僅單
一層面（語法或語義），因此研究成果有限。羅瑞球將中西方隱喻
概念結合，並將成語隱喻技巧的研究範圍擴大到「從語源到語義」
及「從語義到使用」兩部分，可惜的是並無完整建立出一套成語隱
喻技巧的理論架構，但為本研究提供了一個良好的研究典範；而羅
瑞球所提出的成語「從語源到語義」及「從語義到使用」兩部分的
隱喻連結，為本研究欲努力的目標，期待本研究結果能夠在這方面
建立一個較完整的理論架構。

第三節　成語的隱喻藝術審美

　　成語為文學語言的一種，因此關於成語的隱喻藝術審美，就從文學語言審美來看。

　　李建軍在〈文學語言的特性及審美效果〉談到文學語言美的形成。關於美，李建軍的看法如下：

> 美是一個包蘊豐富的多面體。康德說：「審美意象是一種想像力所形成的形象顯現。它從屬於某一概念，但由於想像力的自由運用，它又豐富多樣，很難找出它所表現的是某一確定的概念，這樣在思想上就增加了許多不可名言的東西。」這「不可名言」性，當指美的豐富複雜而又富於韻味的特點，像那些連主體也難於把握難於捕捉的東西，當然難於用語言表達出來，模糊、含蓄、暗示等並不是掩蓋作品所要傳達的真實意蘊，並不是含混和夾纏不清，而是審美尺度上允許的掩抑與朦朧，是為了取得更大、更好的美感效應。（李建軍，2002：23）

關於語言之美，李建軍認為：

> 語言它並不像造型藝術那樣以線條、色彩、造型直接作用於人的視覺，而是以喚起表象和想像的方式進行的，它不受時空限制能多角度多側面地展示生活，更多以暗示、隱喻、象徵的方式訴諸言外，從而喚起讀者再度創造，讓讀者去咀嚼那字裡行間雋永不盡的情思的意趣。（李建軍，2002：23）

而造成語言無法直接作用於人的原因，李建軍說到：「語言在一定程度上自然不能將客觀事物的性狀、人們的主觀所思言傳出來。但是人們並不為侷限所折服，而是避短揚長，充分發揮語言藝術的優勢」。（李建軍，2002：23）因此，李建軍提出了文學語言的特點在於「意義往往不是浮在字面，而是深藏於形象之中……這也就是所謂的言外之意」。（同上，22）

　　正因為文學語言含有言外之意，所以李建軍提到文學語言具有「多義」與「模糊」的特點。敘述如下：

> 多義與模糊主要在於語言本身及語言表達上的多義與模糊。模糊一是由模糊詞或片語引起的，其所示概念的內涵和外延難於確定，多指非專指名詞本身意義的寬泛、不明晰和多義詞、雙關語、象徵語的運用造成的意義上的難於確定。二是指不合語法規範，但語義能為人所理解的語言，多指主謂賓之間的不匹配，修飾語的奇化及意象的跳接上產生的不確定。由於模糊性語詞的存在和運用就產生了詩文的多義性，形成了模糊、朦朧之美。當然多義性一方面產生於語詞的模糊性，另一方面主要產生於形象、結構及欣賞者的再度審美創造。（李建軍，2002：23）

　　綜合以上所述，李建軍所提出的文學語言之美在於，文學語言以暗示、隱喻、象徵的方式訴諸言外，而產生模糊、多義的言外之意，藉以引起讀者的意象再造，進而咀嚼出語言內含的意境情趣，感受到語言之美。

　　關於隱喻之美，任慶梅在〈試論文學隱喻的理解過程及其審美經驗〉中提到：

> 隱喻在本體與喻體之間架起了一座理解之橋，產生一種新的
> 涵義，它對審美主體的知覺產生刺激，產生審美的愉快，使
> 審美主體不僅為之吸引，而且為之動情，從而產生強烈的審
> 美經驗（aesthetic experience）。（任慶梅，2002：62）

林海及李新在其所合著的〈隱喻的認識功能、審美功能及其與文學
的關係──隱喻的符號學分析〉中提出「隱喻的審美功能有具體、
形象、個性化、情感化的特徵」。（林海、李新，2004：81）說明
如下：

> 在隱喻審美功能的藝術表現過程中，設喻者將感受到的某事
> 物的特徵、場景及相關情感，用另一類似但卻更為具體生動
> （即具更多感性特徵）的形象，經語言符號展現在讀者或解
> 碼者面前，描繪出某種真切感人、富於神采的藝術審美對象
> （喻體），以使讀者或解碼者借助其自身對這一鮮明藝術形
> 象的理解，產生情感共鳴，激起藝術審美快感……審美功能
> 所反映的是從理性抽象到具體形象這一形象思維過程及其
> 藝術結果。（林海、李新，2004：81）

綜合任慶梅和林海、李新對隱喻之美的看法可知，隱喻為一從抽象
到具體的形象思維，在本體和喻體之間的連結過程中，讀者因理解
而產生情感上的共鳴，從而感受到審美經驗。

楊賢玉、蒲軼瓊在〈英漢成語審美特徵比較研究〉中，提出成
語審美五特徵。在文章的一開始，首先對於語言藝術提出說明。內
容如下：

> 語言藝術不受視覺形象和聽覺形象的限制，其表現方式較為
> 自由，可以通過比喻、象徵、擬人、暗示等手法淋漓盡致地
> 表現人的思想感情，意味深長地表達情感體驗。它既有由

表象和想像構成的造型美，又有由節奏和韻律構成的音樂美，既能塑造美的感性形象，又能揭示美的理性內容。成語作為語言的精華更具有藝術美，成語具有強烈的文化特徵，豐富的文化內涵，是語言的核心與精華。（楊賢玉、蒲軼瓊，2002：64）

關於成語的審美特徵，楊賢玉、蒲軼瓊提出了「意蘊美」、「形象美」、「色彩美」、「韻律美」及「簡潔美」五點。意蘊美和成語的來源及內涵有關，他們提到：

人們在長期生產勞作、學習和生活實踐中對自然、社會和思維等規律進行探索和總結，然後用成語等最精粹的語言形式固定下來，流芳百世。自然，這一精粹的語言形式蘊涵了哲理意味和文化積澱……關於英漢成語的意蘊美的凸現，筆者以為凸出表現在它的文化構成……漢語成語亦源於民間流傳，神話故事，歷史事件等，表現了豐富的文化內涵。（楊賢玉、蒲軼瓊，2002：64）

而形象美主要要表達的是成語透過比喻、擬人等修辭法，以具體文字傳達抽象概念的特色。詳述如下：

許多成語都不是直截了當地發表議論、講述道理，而是用生動的語言創造出一個鮮明形象，讓這個具體形象來表達抽象意思，這便是英漢成語的形象性。所謂形象性，就是借助一定的形象對所要表達的思想內容進行比喻性的描述，主要是通過選擇一定的喻體而產生某種形象，由其形象使人聯想到某一特定的意義。也就是運用具體形象來說明事物的本質，從而使所表達的思想深刻而耐人尋味，使語言生動而富有表

現力。筆者認為可從比喻、擬人等修辭方法來欣賞英漢成語
所具有的形象美。（楊賢玉、蒲軼瓊，2002：65）

色彩美在說明成語以特定顏色表示特定涵義。內容如下：

> 色彩一詞字面義指顏色，比喻義為人的某種思想傾向或事物
> 的某種情調。英漢語中運用了不少的色彩詞來豐富成語……
> 黃色在中國歷史上一直被視為神聖、正統的顏色。自隋唐以
> 來，歷朝歷代皇帝都穿黃色龍袍，因而有「黃袍加身」的說
> 法。在漢民族文化中，黃又喻吉利，如「黃道吉日」、「黃粱
> 美夢」。（楊賢玉、蒲軼瓊，2002：65-66）

韻律美指的是成語語音具節奏性的音樂美，使人易記易傳誦。敘述
如下：

> 韻律美就是用有規律的語音構成意象來表達人的感情，作用
> 於人的聽覺，產生一定的聯想和想像，在情緒上受到美的感
> 染和陶冶。英漢語往往運用押韻使成語具有回環和諧的音樂
> 美，說起來琅琅上口，聽起來悅耳動聽，並且易記憶易傳誦。
> （楊賢玉、蒲軼瓊，2002：66）

最後，簡潔美談到成語以精短的形式傳達深刻的涵義。情況如下：

> 簡潔主要指語言精短，用詞簡練，高度概括，表意深刻。英
> 語成語和漢語成語都經過了數代人的長年傳誦，千錘百煉，
> 能以極少的詞語來表示極豐富的內容，形成了英漢語成語表
> 達形式的簡潔美。（楊賢玉、蒲軼瓊，2002：66）

　　楊賢玉、蒲軼瓊簡述了成語審美的五項特徵，其中「意蘊美」
及「形象美」與本研究中的成語隱喻的藝術審美所欲探討的內容相

關，因此可以參考楊賢玉、蒲軼瓊的說明，以此為基礎來加以延伸
說明具體的審美類型並舉例，使理論內容更加完整。

　　關於成語隱喻審美的文獻或文章可說是少之又少，因此在本章
中僅分別就語言審美、成語審美及隱喻審美分別作探討。儘管如
此，還是有從中獲得了關於審美藝術範疇的啟發及研究方向，可作
為本研究中成語隱喻藝術審美的參考。

第三章　成語的界定

第一節　成語的性質

一、成語的定義及規範

　　所謂「定義」，是指將一個概念所包含的內容簡要而完整的表達出來；而「規範」，就是「規則、規律」。因此，只要定義明確了，規範便可由定義分析出來。於是我試圖先從成語的定義著手，綜合整理出成語的定義後，進而從定義中來分析出成語的規範，以期能夠明確的劃分出成語的範疇。

　　首先在《辭海》中對成語所下的定義為：

> 熟語的一種。習用的固定詞組。在漢語中多由四個字組成。組織多樣，來源不一。所指多為確定的轉義，有些可從字面理解，如：「萬紫千紅」、「乘風破浪」；有些要知來源才能懂，如：「患得患失」出於《論語・陽貨》，「守株待兔」出於《韓非子・五蠹》。（夏征農主編，1992：2108）

　　教育部《重編國語辭典》修訂本對成語的定義為：

一種語言中簡短有力的固定詞組，可作為句子的成分。形式
不一，以四言為主。一般而言都有出處來源，與引申的比喻
義，而非單純使用字面上意思。如「矛盾」、「綿裡針」、「勢
如破竹」、「篳路藍縷」等。（教育部國語推行委員會，2007）

《現代漢語詞典》對成語的定義則是：

人們長期以來習用的、簡潔精闢的定型詞組或短句。漢語的
成語大多由四個字組成，一般都有出處。有些成語從字面上
不難理解，如：小題大作、後來居上等。有些成語必須知道
來源或典故才能懂得意思，如：朝三暮四、杯弓蛇影等。（中
國社會科學院語言研究所辭典編輯室，1996：160）

擷取各辭典對成語的定義後，分析各定義所產生的規範，製成表格
如下：

表 2-1-1　各辭典成語定義重點分析

辭典名稱	成語定義的重點
《辭海》	（一）熟語的一種。 （二）固定詞組。 （三）四字組成。 （四）來源不一。 （五）所指多為確定的轉義，有些可從字面理解。
《重編國語辭典》	（一）固定詞組。 （二）以四言為主。 （三）有出處來源。 （四）有引伸的比喻義，而非單純使用字面上意思。
《現代漢語詞典》	（一）定型詞組或短語。 （二）大多由四字組成。 （三）一般都有出處。 （四）有些成語從字面上不難理解，有些成語必須知道來源或典故才能懂得意思。

由以上可綜合整理出成語的規範為：（一）在分類上，成語為熟語的一類；（二）在來源方面，成語大多有出處可追溯；（三）在結構形式方面，成語為固定詞組，以四字組成為多數；（四）在內容涵義方面，有些單純從字面看出意義，有些必須從其來源或典故中來理解其欲引伸的比喻義。

　　周荐在其《詞彙學詞典學研究》所收錄的〈論成語經典性〉一文中，對成語也有規範性的說明，如下：

> 成語的特徵，依我們看來，有兩個：一個是形式上的，即四字格式；另一個是內容上的，即含有古樸、典雅的語素成分。用這兩個特徵作標準，可大致將成語確定下來。（周荐，2004：295）

另外，在〈成語問題四論〉文中也提到：

> 成語的語體是書面性的，有較濃重的書面語語體色彩。這一點從成語跟其他一些熟語單位的比較中也可看的很清楚。（周荐，2004：307）

由上述可整理出，周荐定義成語必須有下列特徵：（一）形式上：四字格；（二）內容上：語素成分須古樸典雅；（三）書面性語體。
　　竺家寧在《漢語詞彙學》中對成語的定義也有說明如下：

> 成語從字面上說，就是現成的用語……其意義不能只從字面上理解，它有較長時間的來源，也有社會習用性，是人們所熟知它的形式簡潔，意義深刻，人們引用來表達自己的意思，這就是成語。（竺家寧，1999：415）

竺家寧對成語的定義包含：（一）意義深刻，不能只從字面上理解；（二）有較長時間的來源；（三）有社會習用性；（四）形式簡潔。

賴明德在《成語熟語辭海》中也提到：

> 成語為社會間口習耳聞，眾所周知的習用古語；其後則是指
> 長期沿用，結構定型，意思完整，大多由四個字結合而成的
> 固定詞組。（賴明德，2001：凡例）

賴明德認為成語為：（一）長期沿用；（二）結構定型；（三）意思
完整；（四）大多由四個字結合；（五）固定詞組。

綜合以上各家所說，可據此大致劃分出成語的範疇為：（一）
在語言的分類方面，成語為熟語的一類；（二）在來源方面：成語
經長期沿用，有較長時間的來源，大多有出處可追溯；（三）在結
構形式方面，成語為固定詞組，形式簡潔，結構定型，以四字格為
多數；（四）在內容涵義方面，成語屬書面語，含有古樸、典雅的
語素，在意義的探究上，有些單純可從字面看出意義，有些則必須
從其來源或典故中來理解其欲引伸的比喻義。

二、成語與其他熟語的區別

成語為熟語的一類，要探究成語與他類熟語的區別，首先必須
從認識熟語開始。

在《現代漢語詞典》中對熟語的解釋為：「固定詞組，只能整
個應用，不能隨意變動其中成分，並且往往不能按照一般的構詞法
來分析。」（中國社會科學院語言研究所辭典編輯室，1996：1172）
葛本儀在《漢語詞彙學》中提到：「漢語中相當於詞的作用的固定
結構，一般也可以稱作熟語。」（葛本儀，2003：81）至此大略可
確定熟語為固定詞組。

徐國慶在《現代漢語詞彙系統論》中定義出狹義的熟語如下：

所謂狹義的熟語是指語言中大於詞但與詞等價的一些具有
表意的整體性和使用的習用性的固定詞組，是語言詞彙中具
有備用性和複現性等特徵的詞彙成分。這種純粹詞彙學意義
上的狹義熟語，在其範圍上大體是確定的，諸如成語、歇後
語、慣用語等形式，一般都歸入詞彙學的範疇，其詞彙性質
無人懷疑。（徐國慶，1999：135）

由上述可整理出，狹義的熟語是指具有「表義的整體性」及「使用
的習用性」的固定詞組，因此包含「備用性，意指任何一個詞彙成
分，都是在構成結構體之前就固定地存在於詞彙系統中而供人們隨
時選用的現成的備用材料。這就是詞彙成分的備用性特徵」（徐國
慶，1999：11）及「複現性，意指對語言中固有的現成材料的普遍
使用和反覆使用，必然使詞彙成分得以在其構成的無限的結構體中
反覆出現。唯其如此，詞彙成分才能表現出約定俗成的語言建築材
料的性質。語彙成分的這種特性就是詞彙的複現性特徵」（同上，
12）兩個特徵，「成語」、「歇後語」及「慣用語」都在熟語的範圍內。
　　周荐在〈成語規範問題略談〉一文中提到「熟語是任何一種語
言中都可見的龐大的用語單位彙集」並將熟語以「雅俗」的角度加
以分類，敘述如下：

熟語可以從雅俗的角度加以分類，雅的熟語可稱雅言，俗的
熟語通稱為俗語。成語是雅言的代表，而諺語、歇後語、慣
用語等都可歸入俗語。之所以把成語視為雅，是因為成語
多由古樸、典雅的語素成分構成，成語的結構多採用四字格
語式，成語多為文人或士大夫階層所造和使用；而諺語、歇
後語、慣用語等所用的語素成分多通俗、直白，結構形式多
樣而長短不拘，常出現在普通百姓的嘴裡或他們寫的文字
中。（周荐，2004：314）

由上述，將周荐對熟語的分類製成圖說如下：

表 2-1-2　熟語類型分類圖

　　至此可知，熟語大致可分為四類，分別為屬於雅言的「成語」，及屬於俗語的「諺語」、「歇後語」、「慣用語」。為了能夠更清楚的定義此四類，根據《現代漢語詞典》對此四種熟語類型的解釋如下：

表 2-1-3　四種熟語類型解釋一覽表

熟語類型	解釋
成語	人們長期以來習用的、簡潔精闢的定型詞組或短句。漢語的成語大多由四個字組成，一般都有出處。有些成語從字面上不難理解。如：「小題大作」等，有些成語必須知道來源或典故才能懂意思。如：「杯弓蛇影」等。（中國社會科學院語言研究所辭典編輯室，2005：173-174）
諺語	在群眾中間流傳的固定詞語，用簡單通俗的話反映出深刻的道理。如：「三個臭皮匠，勝過一個諸葛亮」等。（中國社會科學院語言研究所辭典編輯室，2005：1573）
歇後語	由兩個部分組成的一句話，前一部分像謎面，後一部分像謎底，通常只說前一部分，而本意在後一部分。如：「泥菩薩過江——自身難保」等。（中國社會科學院語言研究所辭典編輯室，2005：1505）
慣用語	熟語的一種，常以口語色彩較濃的固定詞組表達一個完整的意思，多用其比喻意義。如：「開夜車」等。（中國社會科學院語言研究所辭典編輯室，2005：506）

　　陳湘屏在《成語的語法、修辭及角色扮演》中，以「語用特徵」、「語源」、「經典性」、「普遍性」、「語義特徵」及「別名」等項目，詳細說明熟語的四種類型之間的差異，列表如下：

表 2-1-4　四種熟語類型比較分析表

熟語類型	成語	諺語	歇後語	慣用語
語用特徵	書面語	兼具書面語和口語性	口語性	口語性
語源	先秦時期已經出現，但後世才產生叫名。語素多是古樸、典雅的。有許多是由古代文言色彩較重的諺語簡化節略而來。	先秦就出現，是最早被創造並使用的一類，先在大眾口頭流傳才被典籍記載，都是紀錄某一哲理或經驗的，因此有引用性和複呈性。	在唐代出現，當時的歇後語是將欲道出的話藏起來不說，讓聽者去猜。金元以後大量使用，且創造出來的歇後語多為「引註」結構兩部分組成。	唐代就有這類熟語出現，但叫名出現得很晚，大概到二十世紀中葉後才見它現於報端。
經典性	最強，屬於雅言。因須一段不太短的歷史時期成型而不具時代性，也不能是方言的，所以不具地域性。	因屬大眾創作，所以經典性較弱，屬於俗語。時代性及地域性最強。	不具備，屬於俗語。具時代性及多數只在方言地區使用，所以具地域性。	不具備，屬於俗語。對於時代的反應強烈，極具地域性。
普遍性	漢語及少數語言特有的熟語現象。	古今中外語言中普遍存在的熟語現象。	漢語等少數語言特有的熟語現象。	無。
語義特徵	表意具雙層性。	只有字面意義的固定詞組。	意義具雙層性。	意義的比喻性，整體意義不一定同字面意義。
別名	無。	鄙語、常言、俚語、俗語、俚諺、諺語。	縮腳語。	無。

資料來源：陳湘屏，2009：15-16

　　由以上可綜合整理出，成語與其他熟語的最主要的區別為成語
是雅言的一種。周荐在〈論成語的經典性〉中提到：

> 成語和文言詞合稱文言詞語，在階級社會的長時期中多為士
> 大夫階層所創造和習用。它們多出自權威性的著作或名人之
> 口，多在書面語文獻中出現，多為知識層次較高的人士所
> 用，而很少出現在下層普通百姓的嘴裡或他們所寫就的文字
> 中。（周荐，2004：285）

由以上可知，成語多為士大夫階級所創造和習用、多在書面語文獻
中出現，因此語素多古樸典雅，不能是方言的所以不具地域性，也
很少出現在普通百姓的口中或文字中而成為雅言的一類。

三、成語的生成及來源

　　關於成語的生成，周荐認為成語的形成要經過一段時間，而今
所看到的成語大部分可追溯至先秦時期，它們是在先秦時期先構成
雛形，經過時間的雕琢而形成現在所看到的成語。詳述如下：

> 成語從被創造出到成型，要經過一個不太短的時期……今天
> 所看到的成語有相當一部分可以追溯到先秦，是在先秦即已
> 有雛型而後成型的。先秦時代的著作中的語句形成後世的成
> 語較多的主要是十三經，其中又以《論語》為最……據有人
> 統計，今天的成語而出自《論語》的有 255 條，它們絕大多
> 數都從漢代開始才逐漸為人引用而被人視為成語，鮮有在先
> 秦即為人所引用而被人視為成語的情況。（周荐，2004：
> 302-303）

當然並非所有成語都是在先秦時期就出現，也有一些成語是近期才出現的：

> 成語當然不只是在先秦時代造出的，也有不少是在先秦之後乃至近現代造出的。先秦之後造出的成語固也須經過一個由未「成」到「成」的過程，即或是近現代才造出的成語，也得經歷一個由造出到被人廣為徵引的過程。（周荐，2004：303）

> 成語雖多產生於古代，但也有一些是晚近才產生出來的……成語雖多為文人所造，卻也有一些是先在民間產生出來而後才被文人用到其作品中，並藉此流布開來，最終得到全民的認可的。（同上，315）

然而，由上述兩段文字中可發現，成語的形成除了要禁得起時間的考驗外，還有另一個重點是須被人廣為徵引而最終得到全民的認可：

> 一個時代中個別的人或小的語言社團所造出的「成語」，如果得不到或沒有得到全社會的認可，如果所造出的「成語」沒有禁受過或未能禁受得住時間的考驗，那它就不具備真正的成語的資格。（周荐，2004：317）

因此，成語的形成非一朝一夕，必須被人廣為徵引進而流傳至後世，最重要的是最終必須得到全民的認可，這樣一個過程需要漫長的時間積累，才能使成語成形。

關於成語的來源，胡裕樹提出了一個廣義的說法：「成語多半是有典故性的，在社會習慣上有深厚的基礎」。（胡裕樹，1992：301）徐國慶進一步指出典故的內容：「據學者之言，有相當數量

的成語源自古代典籍，或是古代寓語、歷史故事的概括組合」。（徐
國慶，1999：145）周荐詳細的指出成語的來源包含了古代「神話
傳說」、「寓言故事」、「詩文語句」及富含哲理的古代「諺語」。敘
述如下：

> 成語中有一部分單位所記錄的是古代神話傳說，如：夸父追
> 日、畫龍點睛；有一部分所記錄的是古代的寓言故事，如：
> 守株待兔、揠苗助長；有一部分所記錄的是古代的史實佚
> 聞，如：圖窮匕見、夢筆生花；有一部分紀錄的是古代的詩
> 文語句，如：水落石出、運籌帷幄；還有一部分所記錄的是
> 富含哲理的古代諺語，如：唇亡齒寒、錦上添花。（周荐，
> 2004：297）

由於諺語在熟語的分類上和成語是對立的類別，因此對於諺語能夠
成為成語的來源似乎讓人有些匪夷所思。有鑑於此，周荐提出說明
如下：

> 部分諺語之所以能夠轉變成為成語，從客觀上講，一般都歷
> 史久遠，而且在權威著作中出現過；從主觀上說，乃是語言
> 發展到後世，人們比較前代的某個諺語，因其古舊不覺其俗
> 反覺其雅所致。（周荐，2004：292）

綜合上述，可歸納出成語是具有典故性的，其來源大致包含了古代
的權威著作、神話傳說、寓言故事、詩文語句及諺語。

四、成語的結構形式

（一）成語為固定詞組

　　成語在語言分類方面屬於熟語中的一類，在形式結構上熟語為固定詞組，因此成語當然也是固定詞組。劉叔新在《漢語描寫詞彙學》中提出固定詞組的類別：「固定語本身有多種類別。常提出來的是成語和慣用語，還有歇後語，一般比較熟悉這三類單位」。（劉叔新，2000：124）而胡玉樹也在《現代漢語》一書中提到：「成語是一種固定詞組，同慣用語的性質相近，常常作為完整的意義單位來運用，而比慣用語更為穩固」。（胡玉樹，1992：301）

　　經由上述，可確定成語在形式結構上屬固定詞組。關於固定詞組的定義，徐國慶提到：「固定詞組是指組合成分不能隨意更換，組合關係固定不變，在句子中作為一個語言單位運用的詞組」。（徐國慶，1999：130）分析徐國慶的說法，可知所謂固定詞組在句子中可作為一個語言單位，其成分不可隨意更換，成分間的組合關係固定不變。對此，張斌也提出了類似的看法如下：

> 固定詞語是指一些在結構上相當於一個短語，使用時則相當於一個詞的語言單位。固定詞語內部基本上都是凝固的，它們在使用時同語言中的詞一樣，都是直接進入詞彙系統，是詞彙中的一員。（張斌，2004：254）

至此可整理出，固定詞組在使用上為一個相當於詞的語言單位，其內部基本上是「凝固的」。也就是說，其成分不可隨意更換，成分間的組合關係固定不變。成語為固定詞組，因此成語在形式結構上也同樣具有凝固性。

　　關於成語的凝固性，有學者提出可從「語素定型」、「詞序固定」及「字數固定」三方面來探討，詳細說明如下：

> 成語形式上的定型性，或稱凝固性，可從三方面考察，首先是「語素定型」，成語結構成分具有相對的固定性，其構成成分不能隨意替換，如「胸有成竹」，不能說成「胸有整竹」，或是「胸有存竹」；其次是「詞序固定」，指成語組成成分之間的結構關係具有相對的固定性，不能隨意改變成語內部結構的固定關係，如「脣亡齒寒」不能說成「齒寒脣亡」；最後是「字數固定」，也就是成語的構成成分不能隨意增減，如「不痛不癢」若延展為「既不痛又不癢」，則意義隨之改變。（張斌，2004：256）

由上述可知，「語素定型」指的是成語中的每一個組成成分都是固定的，不可隨意更換；「詞序固定」意謂成語中每一個組成成分的位置是固定的，因此組成成分間的順序關係是固定的；「字數固定」說明成語的組成成分數量是固定的，不可隨意增加或減少。

（二）成語以四字格為主

　　在上一段中有提到成語的「字數固定」，不可隨意增加或減少成語的字數，關於成語的字數究竟應該是多少，經周荐統計說明如下：

> 今天絕大多數人認可的成語有相當一部分就是四字格的。《中國成語大辭典》收條目總數為 17934 個，其中四字格的有 17140 個，約佔總數的 95.57%……當然，說成語的典型形式是四字格，就意味著成語也還有一些是非四字格的……

非四字格的成語在《中國成語大辭典》中有 794 個，僅約佔總數的 4.43%。由上述統計數字也不難看出，四字格是成語的典型格式。（周荐，2004：307）

除了周荐的統計外，黃玲玲也統計出成語典中一萬多個成語中四音節成語佔了 80.3%（黃玲玲，1982：148）；張斌也指出四音節成語佔了 95%以上（張斌，2004：257）。由以上學者們所統計出的結果可證明，成語以四字格為多數，因此可說成語以四字格為主。

　　對於成語以四字格為主的原因之一，可溯至成語形成時的歷史背景。對此，周荐提出說明：

> 成語以四字格作為其典型的格式，是有其歷史的和現實的根據的。從成語開始大量形成的先秦時代看，四字語式以作為固定的格式為當時的「漢」語所採用。《詩經》是先秦時代產生的一部無論在當時還是在後世都有著極其廣泛而深遠影響的詩集。《詩經》所收的 305 首作品，絕大多數都有四字格的詩句。由《詩經》形成的成語一般都採用四字格的形式……即使在《詩經》中原非四字格形式，形成成語時也使之成為四字格……由於《詩經》的影響，先秦時代其他經書中的語句形成的成語也以取四字格的形式為常。（周荐，2004：305）

除了成語形成當時的歷史背景造就了成語四字格結構的定型外，人們對於語言使用要求完美的心態及重偶輕奇的語言使用心理，也是影響成語四字格定型的原因：

> 人們喜愛詩的完美的語言，因為詩的語言是凝練而典雅的，它要求字約意豐，要求既給人留下充分的想像空間，又不允許人們的思想無拘無束任意馳騁，從而予人美的感受。人們

喜愛四字格的詩的語言形式，因為它符合和人形成既久的重
偶輕奇的語言心理。《詩經》的語言形式恰恰適應了這些要
求。（周荐，2004：289-290）

五、成語的內容涵義

（一）成語的內容為古樸典雅的書面用語

關於成語具有書面語語體的色彩，有不少學者提出看法，首先
徐國慶指出：「成語在現代漢語的語體適用性上表現出極強的書面
語色彩，可概括為書面化特徵」。（徐國慶，1999：145）周荐也提
到：「成語的語體是書面性的，有較濃重的書面語語體色彩」。（周
荐，2004：307）至於成語何以具有書面語色彩，符淮青提出原因
在於成語言簡意賅的特色，以致成語在書面語中被廣泛的運用。說
明如下：

> 成語的特點在其精煉形象。精煉指言簡意賅，形象指有的
> 成語能引起人的想像活動，得到情態形貌的感受。因此在
> 語言中，一般是書面語中，有廣泛的運用。（符淮青，2003：
> 200）

周荐集結了各學者對成語書面語性質的說明，並指出成語為典雅的
語言詞彙，多為文人所造，常在書面語中出現。敘述如下：

> 不少學者多年前就已指出成語具有書面語性質。如有的學者
> 提出「成語所用的語言成分，帶有強烈的書面語性質」；有
> 的學者指出「成語語體風格，屬於書面語詞彙的性質……還

> 有學者認為「書面語為成語，口語為俗語」。由此觀之，成
> 語，在不少學者的心目中一如在廣大百姓眼睛裡，是典雅的
> 語言詞彙單位。它多為文人所造，常在書面語中出現，歷久
> 不衰，成為漢語詞彙中的珍品。（周荐，2004：297-298）

由以上可推知，成語因其語體的書面性質，所以成語的語素具有典
雅的成分。換句話說，由於成語在書面語中被廣泛的運用，以致成
語的語素須具有典雅的成分，才能符合書面用語的資格。也因為如
此，語素的古樸典雅成為成語的重要特徵。周荐提到：「成語總是
以其自身的特點──語素的古樸、典雅──與他類熟語區別」。（周
荐，2004：286）除此之外，周荐認為語素的古樸典雅成了判斷是
否為成語的絕對標準：

> 成語的特徵，依我們看來，有兩個：一個是形式上的，即四
> 字格式；另一個是內容上的，即含有古樸、典雅的語素成分。
> 用這兩個特徵作標準，可大致將成語確定下來。但是這兩個
> 標準並非不分軒輕，而有著主要、次要之別。具體地說，形
> 式上的標準只是個相對的標準，內容上的標準才是絕對的標
> 準。（周荐，2004：295）

　　在眾多熟語類別中，成語以其歸為雅言而與其他熟語產生明顯
的區別，而成語所以能夠歸屬於雅言，主要原因在於其語素的古樸
典雅此一特徵，因此周荐認為語素的古樸典雅為判斷是否為成語的
絕對標準也有其道理。然而，古樸典雅為抽象的形容詞，周荐卻並
未提出古樸典雅的標準，難免在古樸典雅的判定上，出現因個人觀
點不同所導致的誤差。因此，我就成語的書面語性質來訂定成語語
素古樸典雅的標準。也就是說，語素是否符合古樸典雅，端看該語
素是否能夠成為書面用語來判斷。

（二）成語語義雙層性

關於成語的語義，先從徐國慶所提出的說明來了解：

> 成語語義的一般性意謂成語的語義內容是表示客觀世界的
> 一般對象或現象的性質、狀態或特點的，所以其意義是話語
> 交際中經常涉及的最一般的語義內容。成語的第二個語義特
> 徵是——整體意義具有融合性，即成語所要表達的意義是不
> 可分割的，並不是構成成分合加起來所表示的意義。成語最
> 後一個語義特徵是在表意上具有雙層性，即成語的字面意義
> 與成語實際表達的意義並不一致，而是在語義融合性的基礎
> 上衍生出另一層意義。字面意義是實際意義表義的基礎，實
> 際意義是字面意義發展出來的結果。這實際意義是通過字面
> 意義進行比喻的實際內容，字面意義則是比喻實際內容的基
> 礎。（徐國慶，1999：143-144）

由上述可整理出，徐國慶認為成語語義有「一般性」、「融合性」及
「雙層性」三個特徵。「一般性」指的是成語所表達的語義為一般
的語義內容；「融合性」指的是成語所要表達的是一個整體性的語
義，不可拆解；「雙層性」指的是成語的字面意義與成語實際要表
達的意義並不一致，而是衍生出另一層意義。

需要加以討論的是成語語義雙層性的部分，所謂雙層意謂著
有兩個部分，就成語語義而言指的是「字面義」及「衍生義」二
者。對此劉叔新提到：「成語的獨特處是在意義方面——意義的雙
層性」。（劉叔新，2000：127）在本節一開頭所提及，各辭典中對
成語語義的說明包括「所指多為確定的轉義，有些可從字面理
解」、「有引伸的比喻義，而非單純使用字面上意思」及「有些成

語從字面上不難理解，有些成語必須知道來源或典故才能懂得意思」等，由此可知，成語語義有的從字面就可理解出，有的因產生轉義（就是衍生義），所以必須要從其來源或典故才能了解真正的語義。對於衍生義，余桂林提出下列的見解：

> 大多數成語的意義不是構成成分字面義的簡單相加，字面義，只是成語的比喻義和引伸義能藉以引發出來的本源。（余桂林，2001：355）

由余桂林的說法可知成語的衍生義是以字面義為媒介來引發其本源。換句話說，要了解成語的衍生義必須從字面義去找出成語的來源，從其來源來理解其衍生義。

　　成語自先秦時期塑型，經過時間的考驗及粹煉，流傳至今而定型。在這一段從塑型到定型的過程中，憑藉著社會習用性，將成語以口耳相傳的方式廣為散布、流傳，在長時間的檢驗下使成語自然定型。因此，在這樣一個自然形成的過程中，並無一套固定、客觀的成語性質規範存在。現今所存在的成語性質規範，乃是學者們的個人見解，所以才會產生各家說詞不盡相同的現象。有鑑於此，基於本研究所須，我綜合了學者們的見解加上個人的看法，自行訂定了一個適合本研究的成語規範：（一）在語言的分類方面，成語為熟語的一類；（二）在來源方面：成語有出處可追溯，其出處大致涵蓋古代的權威著作、神話傳說、寓言故事、詩文語句及諺語等；（三）在結構形式方面，成語為四字格的固定詞組；（四）在內容涵義方面，成語屬書面語，含有古樸、典雅的語素，具意義雙層性，有些單純可從字面看出意義，有些則必須從其來源或典故中理解其衍生義。需要加以說明的是，由於本研究所要探討的重點在成語的隱喻部分，而隱喻部分的探討以衍生義為主軸，基於此一研究重點

的考量，因此必須將本研究中成語在語義的範圍，縮小為須有衍生義才可歸入成語範圍中。

第二節　成語的材料範圍

在上一節中，確定了本研究適用的成語性質，並依性質劃分出本研究所需的成語範圍後，在這一節中將依據此一範圍，選出可作為本研究的成語材料範圍。

在選擇成語材料範圍前，首先要訂定選材的標準，才可依據標準明確選出最適當的研究材料。本研究的成語選材標準如下：首先，成語材料的最大、最完整的資料庫，不容置疑的當然是成語辭典，因此本研究的成語材料，將從市面上所發行的成語辭典或線上成語辭典中，選定一部最合適於本研究的成語辭典作為材料來源。其次，所選定的成語材料必須符合本研究所規範出的成語性質，因此必須符合下述各項條件：（一）須有出處可追溯；（二）須為四字格；（三）須為固定詞組；（四）語素須為古樸典雅的書面用語；（五）語義須具衍生義。再次強調，上述五個條件必須都具備了，才能取得本研究的成語資格，只要在這五個條件中缺了一個，便無法進入本研究的成語材料範圍。

現今無論是市面上出版的或是線上的成語辭典數量眾多、玲瑯滿目，而且大多資料豐富、內容詳盡，因此在選擇上必須詳加考量及比較。首先，在所有的成語典中的最大分類就是內容為簡體字、繁（正）體字兩類。基於本研究的目的之一，是期望本研究成果能夠給臺灣語文教育在成語教學上有所助益，再加上我是繁體漢字使用者，對於簡體字的認識並不深厚，為避免誤差產生以及期待本研究

能夠在臺灣語文教育上有所建樹，因此成語辭典的選擇以在臺灣編輯、出版的繁體漢字內容為範圍。在將選擇範圍縮小後，接下來要考量、比較的是內容的部分。基本上，字形、字音、釋義是所有的成語字典都必備的基本項目，考量到本研究限定必須有出處可追溯的才可成為成語材料，因此設定必定要每條成語都有附上出處或來源的成語辭典，才可成為本研究的參據。基於此一絕對條件的設定，以及比較內容說明的詳細度，我選出了《多功能實用成語典》、《洪葉活用成語典》、及《教育部成語典（線上版）》加以比較，預定將從這三部成語辭典中，選出最適用者，作為本研究的成語材料來源。

　　《多功能實用成語典》是由臺北五南圖書出版公司出版，在其凡例中有提到對此部成語辭典的大略介紹。內容如下：

> 本辭典是為一般讀者編寫的，收錄了日常閱讀、談話中常用
> 的成語約三千七百條，一些過分冷僻、艱澀的成語，則不收
> 錄，以期能成為各階層人士生活中最經濟、有效的工具書。
> 另外，在體例上詳分為解釋、出處、解析、例句、近義及反
> 義六大欄。（五南成語辭典編輯小組，1998：1）

由上述可知，《多功能實用成語典》收錄了約三千七百條成語，每條成語都附有出處，符合本研究成語材料範圍的第一個條件。

　　在查閱上，《多功能實用成語典》提供了「部首索引」、「部首筆劃索引」及「總筆劃索引」三種，每條成語都包含解釋、出處、解析、例句、近義及反義六種體例，各體例的內容製成表格如下：

表 3-2-1　《多功能實用成語典》各體例內容說明及舉例

體例	內容說明	舉例（以「按圖索驥」為例）
解釋	先解釋難字、難詞，再就全句字面上的意思作具體、淺	索：尋找；驥：良馬。 依畫好的圖樣尋求好馬。比喻辦事拘泥於

體例	內容說明	舉例（以「按圖索驥」為例）
	白的解釋，最後解釋引申義或比喻義。	舊法。現指按照資料、線索去尋找事物。
出處	說明該成語出自何書、何處……本辭典以白話文敘述該事，並保留關鍵語彙。	明・楊慎《藝林伐山》記載：春秋時秦國孫陽（就是伯樂）擅於識別好馬，他寫了一部《相馬經》，書中畫了各種好馬的圖像，供人們參考。書中曾說千里馬的主要特徵是高腦門、大眼睛，伯樂的兒子拿著《相馬經》去尋找千里馬，看見一隻癩蛤蟆就抓回來，對父親說：「我找到了一匹好馬，和你書上說的差不多。」伯樂又好氣又好笑，對兒子說：「這匹馬很會跳，可是不能騎啊！」
解析	成語中容易讀錯、寫錯、用錯的字詞，及該成語使用的範圍或易混淆的部分，都在此提醒、說明。	「按圖索驥」重在死守成規，拘泥教條；「刻舟求劍」重在不知隨著變化的形式而變化；「守株待兔」重在死守狹隘的經驗；「膠柱鼓瑟」重在自我束縛，不能動彈。
例句	示範說明一則成語的實際使用情況。	這張說明書的指示十分清楚，我們只要按圖索驥就能把所有的東西準備齊全。
近義／反義	提供意義相近及相反的成語數則，使讀者能加以比較、運用。	近義：刻舟求劍；按部就班；率由舊章；膠柱鼓瑟。 反義：見機行事；隨機應變。

資料來源：五南成語辭典編輯小組，1998：1-3

經由上表的整理可看出，《多功能實用成語典》在「解釋」方面，字面義及衍生義兼具，先解釋字面義後解釋衍生義；在「出處」方面，有說明出自何處，但無引用原文，轉以白話文說明原文。

　　《洪葉活用成語典》是由臺北新視野出版公司所出版，在序中提到對成語的定義。如下：

成語是在語言歷史中形成而流傳下來的語詞固定組織。這些具有固定組織的語詞，或出自經傳，或來自謠諺，大抵為社會間口習耳聞，眾所熟知的；這些簡短有力的固定語詞組織，雖然大多為四個字組成形式，但結構多樣，來源不一，有時還包含著一個歷史故事或傳說；有些可從字面解釋，如：萬紫千紅、乳臭未乾等；有些卻必須在精確的掌握來源之後才能明白其意義，如：三人市虎、破釜沉舟等。（李添富，2001：7）

另外，在其編輯說明中有說明關於辭典中成語的選用標準：

本書條目，都是流傳久遠，現在常用的成語；有些古代成語雖不常用，但因有助於閱讀古典詩文也斟酌收入。至於太過生僻的、已經失去生命力的、或近年新出現、無典故可講的成語，則一概不收。（李添富，2001：9）

由上述提到無典故的成語不收，因此在這一部辭典中的成語都有出處可追溯。

《洪葉活用成語典》提供了注音及筆劃兩種索引方法，每條成語所介紹的內容包含了「出處」、「釋義」、「用法」、「例句」及「說明」，相關內容整理成表格如下：

表 3-2-2　《洪葉活用成語典》各體例內容說明及舉例

體例	內容說明	舉例（以「人言可畏」為例）
出處	典故出處都具體指出書名、篇名，除四書五經、二十四史等讀者熟知的書籍以外，一般著作均加注作者姓名及其所處朝代……以時代最早者為原則。	《詩經・鄭風・將仲子》：「人之多言，亦可畏也。」

體例	內容說明	舉例（以「人言可畏」為例）
釋義	係針對成語中的難字難辭加以解說，倘若文字本身淺顯易懂，則直接翻譯。	指散布流言或不負責的亂加議論，使被害者受到輿論壓力，感到惶恐不安。
用法	指使用前、構思上的說明。	用來形容群眾的指責批評，是一種可怕的力量。
例句	無。	公司裡的張先生和王小姐雖然是男女朋友的關係，卻因「人言可畏」，它們一直不敢公開承認。
說明	部分適度摘引原文，比較重要的另排成段；不易理解的原文，附加現代語譯。	《詩經‧鄭風》有一首題〈將仲子〉的情歌。歌詞共三節，描寫一位熱情的姑娘，懷念她的情人仲子，但又害怕被人發覺了要說閒話。歌詞以姑娘自述的口吻，唱出了她又懷念又害怕的矛盾心情。這首情歌末一節的原文是： 將仲子兮，無踰我園，無折我樹檀。豈敢愛之，畏人之多言。仲可懷也。人之多言，亦可畏也！ 試譯大意如下：「請求仲子呀，不要攀爬圍籬到我家來，更別踩折我們家的檀樹。我那裡是愛惜檀木，怕的是閒人說閒話。仲子你是多麼的叫我懷念，閒人的閒話卻又多麼的可怕！」「人言可畏」這句成語就是從這裡產生的。它形容散布流言或不負責的亂加議論，使被害者受到輿論壓力，感到惶惑不安。例如：清李寶嘉《活地獄》第三十回：「但是人言可畏，必定也要明明心；就是你不怕什麼，難道我們老大死了還當王八蛋嗎？」

資料來源：李添富，2001：10、68

由此分類表來看，《洪葉活用成語典》中「出處」及「說明」都是在說明成語的來源典故。「出處」是引出原文，「說明」則是以白話的方式說明典故；「釋義」及「用法」都是在說明成語的語義，「釋義」是成語的本義，「用法」則是比喻義，屬於衍生義。

《成語典（網路版）》是由教育部所架設的線上成語典（教育部國語推行委員會，2005）。在其編輯說明的頁面中，有對此部線上成語典作介紹：

> 為了綜合前人編輯的成果，此次編輯將三十部現有成語辭典所收的條目作了一個資料庫，並累計各成語的出現頻次，藉以作為收錄的標準。在編輯體例上，成語的說解基本上會有釋義、典源、典故說明、用法說明、例句、辨識、參考詞語等項目。在典故原文部分，為方便一般人閱讀，加上了重要字詞的注釋。也為了協助讀者能夠了解典故的內容，特別將典源文字作了故事性的解說。文中除了陳列成語在文獻上的用法外，也提供了現代用法的例句。這些都是針對語文教育需求去設計的體例，希望有助於實際的教學。（教育部國語推行委員會，2005：曾榮汾序）

而關於成語的選用，說明如下：

> 本《成語典》主要收錄有典源出處、具多層表義功能之成語，另及某些已見流行的書面慣用語。以四字形式為準，兼及三字、五字等。（曾榮汾，2005）

> 本《成語典》收錄之成語，以既有三十種成語工具書建立總資料庫，從中選取出現頻次較高者為據。（同上）

> 本《成語典》分「正文」及「附錄」兩部分。「正文」收錄
> 成語之解說內容五千餘條,「附錄」則收錄與正文相關之成
> 語資料二萬三千餘條。(同上)

由上述可知,《成語典(網路版)》所收錄的不只是成語,還包括了
流行的書面慣用語,在成語的部分,收錄的是有典源出處及具有多
層表義功能的成語。另外,在編輯時參考了三十多種成語工具書,
並將所有的成語彙總成資料庫,依出現頻次排序,選出出現頻次
較高的成語,收錄至成語典中。因此,綜合其所收錄的成語必須
包含「有典源出處」、「具有多層表義功能」及「出現頻次較高」三
要件。

關於《成語典(網路版)》的解說體例,分「音讀」、「釋義」、
「典源」、「典故說明」、「書證」、「用法說明」、「辨識」、「參考詞語」
等,內容說明及舉例製成表格如下:

表 3-2-3　《成語典(網路版)》各體例內容說明及舉例

體例	內容說明	舉例(以「杯弓蛇影」為例)
釋義	本《成語典》對成語語義的解說,包括本義(典源義或字面義)、引伸義,也酌予加入成語字面義或後代訛用義。如「切膚之痛」的「切」本為「切近」之義,訛讀平聲,轉為「切割皮膚之痛」,此類情形置於「典故說明」欄中說明。	將酒杯裡的弓影,誤以為是蛇,以致喝下後心生疑懼。後用「杯弓蛇影」比喻為不存在的事情枉自驚擾。
典源	本《成語典》「典源」說明,分下列三種情形:(一)典出:成語出自文	漢・應劭《風俗通義・卷九・世間多有見怪驚怖以自傷者》《管子》書:「齊公出於澤,見衣紫衣,大如轂,長如轅,拱手

體例	內容說明	舉例（以「杯弓蛇影」為例）
	獻的故事而加以濃縮者。 （二）語出：成語出自文獻用語而未改變者。 （三）語本：成語出自文獻用語而有所改變者。 另典源倘若出自外文者，則逕以外文表示，後附中文翻譯。 本《成語典》的典源依最早及最接近成語語義、語形的文獻選取，如與既有成語工具書參差者，則備載於「參考資料」欄中。遇有疑而未定者，則加「※」號表示。	而立。還歸，寢疾，數月不出。有皇士者，見公語，驚曰：『物惡能傷公！公自傷也。此所謂澤神委蛇者也，唯霸主乃得見之。』於是桓公欣然笑，不終日而病愈。」予之祖父郴，為汲令，以夏至日詣見主簿杜宣，賜酒，時北壁上有懸赤弩，照於杯，形如蛇，宣畏惡之，然不敢不飲，其日，便得胸腹痛切，妨損飲食，大用羸露，攻治萬端，不為愈。後郴因事過至宣家，闚視，問其變故，云：「畏此蛇，蛇入腹中。」郴還聽事，思惟良久，顧見懸弩，必是也。則使門下史將鈴下侍徐扶輦載宣，於故處設酒，盃中故復有蛇，因謂宣：「此壁上弩影耳，非有他怪。」宣遂解，甚夷懌，由是瘳平，官至尚書，歷四郡，有威名焉。（在《成語典（網路版）》中對於難字難辭有附上注釋，在此由於篇幅關係，並無呈現）
典故說明	無。	東漢時，有一年的夏至，應郴（イㄣ）請下屬杜宣喝酒。懸掛在北壁上的弓正好投映在酒杯裡，看起來就像是酒杯裡有條蛇。杜宣勉強喝下後，便感到肚子不適。回家後，食慾不振，身體日漸瘦弱，怎麼都醫治不好。後來應郴來探視，便問他身體不適的原因，杜宣說是那天喝下酒杯裡的蛇所造成的結果。應郴回官府後，想了又想，一回頭看見了壁上的弓，這才發現杜宣所說的蛇，原來是弓投映在酒杯裡的影子。於是應郴再度請杜宣到府裡喝酒，並讓杜宣坐在當初的位子上，同時向他證明了杯裡的蛇只是牆壁上的弓影，而杜宣

體例	內容說明	舉例（以「杯弓蛇影」為例）
		的病也因此不藥而癒。後來這個故事被濃縮成「杯弓蛇影」，用來比喻為不存在的事情枉自驚疑恐懼。
書證	無。	01.清・黃遵憲〈感事〉詩八首之七：「金琅彫涼含隱痛，杯弓蛇影負奇冤。」 02.清・紀昀《閱微草堂筆記・卷一○・如是我聞四》：「況杯弓蛇影，恍惚無憑，而點綴鋪張，宛如目睹。」
用法說明	無。	用在「驚懼恐慌」的表述上。 例句：她敏感得很，常杯弓蛇影，疑東疑西。（尚有其他例句，因篇幅關係，未在此提及）
辨識	無。	近義：風聲鶴唳、草木皆兵、疑神疑鬼。 反義：無。 辨似：「杯弓蛇影」及「風聲鶴唳」、「草木皆兵」都有疑神疑鬼、驚恐不安的意思。「杯弓蛇影」側重於因虛幻事物而產生的恐懼；「風聲鶴唳」、「草木皆兵」側重於因外在形勢而產生的恐懼。
參考詞語	「參考詞語」視其與主條的關係，以「即」、「猶」、「單獨解釋」三種方式表示。「參考詞語」獨立呈現的「釋義」部分，則僅以「義參主條」方式表示。	【杯蛇弓影】 音讀：ㄅㄟ ㄕㄜˊ ㄍㄨㄥ ㄧㄥˇ 釋義：猶「杯弓蛇影」。見「杯弓蛇影」條。 01.宋・章甫〈問祖顯疾〉詩：「陋巷鄰南北，春風酒淺深；杯蛇弓落影，應已斷疑心。」 【弓影浮杯】 音讀：ㄍㄨㄥ ㄧㄥˇ ㄈㄨˊ ㄅㄟ 釋義：猶「杯弓蛇影」。見「杯弓蛇影」條。 01.明・劉炳〈鄱城歸舟同何希憲共載劇談悲歌有感〉詩：「弓影浮杯疑老病，

體例	內容說明	舉例（以「杯弓蛇影」為例）
		雞聲牽夢動離愁。」 【弓影杯蛇】 音讀：ㄍㄨㄥ　ㄧㄥˇ　ㄅㄟ　ㄕㄜˊ 釋義：猶「杯弓蛇影」。見「杯弓蛇影」條。 01.清・沈復《浮生六記・卷一・閨房記樂》：「一燈如豆，羅帳低垂，弓影杯蛇，驚神未定。」 【蛇影杯弓】 音讀：ㄕㄜˊ　ㄧㄥˇ　ㄅㄟ　ㄍㄨㄥ 釋義：即「杯弓蛇影」。見「杯弓蛇影」條。 01.《紅樓夢・第八九回回目》：「人亡物在公子填詞，蛇影杯弓顰卿絕粒。」

資料來源：教育部國語推行委員會，2005

由上表可看出在語義方面，「釋義」中說明了本義（字面義或典源義）、衍生義甚至是近代因誤用而生的訛義；在出處方面，在「典故」中引用原文，並附上難字難辭的注釋，隨後在「典故說明」中以白話文說明原文內容，另有在「書證」中提出後代引用的實例；在「用法說明」中說明如何使用及提出例句；在「辨識」中提到近義及反義成語，並作語義及用法的比較；在「參考詞語」附上出自同一語源但較少使用的成語資料。

　　《成語典（網路版）》對於成語的介紹說明內容十分詳盡、豐富，尤其在釋義方面涵蓋了字面義、典源義及衍生義，在出處來源方面，除了引原文及使用白話文解說外，還提供了書證供作參考，此二方面詳盡的內容比前兩部成語典可觀，而對本研究在成語語料的收集及成語資料的參考上有極大的幫助。此外，《成語典（網路

版)》將其所收錄的成語依政治、經濟、軍事、法律、人物、生活、文教、事理、自然、物狀、及時候等十一大類，在每大類中又細分為小類，如時候類下又分時令、時間、時機等三小類。此一分類搜尋的方法，不但方便查詢並有助於理解，可供作本研究分類的參考。由於本研究的目的除希望能夠建構出一套關於成語與隱喻的連結及所產生的審美藝術的理論外，更重要的是期待能將研究成果發揮在語文教育上。有鑑於此，在成語材料來源的選擇上必須多加考量到大眾使用上的便利性，倘若能以大眾多能便利又共同使用的成語典來作為本研究的成語材料來源，相信必能大大增加本研究成果的價值。因此，本研究將以教育部所架設的《成語典（網路版）》來作為本研究成語材料的來源。

第三節　成語的類型

在選定以教育部《成語典（網路版）》為成語材料來源後，接下來就必須要將其中的成語作分類，以便往後的分析探討。由於《成語典（網路版）》中所收錄的成語數量龐大，加上有些為書面慣用語，因此在分類前必須再經過一次細部的篩選，以確保所使用的成語材料符合本研究的成語性質。

此次篩選的目的是要從《成語典（網路版）》中，挑出符合本研究所制定成語性質的成語，篩選條件雖於上一節中提到，在此為顧及篩選的明確性，因此再一次說明篩選條件如下：（一）須有出處可追溯；（二）須為四字格；（三）須為固定詞組；（四）語素須為古樸典雅的書面用語；（五）語義須具衍生義。上述五個條件必須都具備了，才能取得本研究的成語資格。換句話說，只要在這五

個條件中缺了一個，便無法進入本研究的成語材料範圍。關於五個條件的詳細內容及舉例製成表格如下：

表 3-3-1 成語選材條件說明及舉例

成語條件	說明	符合的例子	不符合的例子
有出處可追溯	成語有出處可追溯，其出處大致涵蓋古代的權威著作、神話傳說、寓言故事、詩文語句及諺語等。	如：「草菅人命」，源自《大戴禮記·保傅》。	如：「烽火連天」中，「烽火」源自《史記·卷四·周本紀》；「連天」源自《後漢書·卷一·光武帝紀》，而「烽火連天」本身並無典源。
為四字格	成語結構為四字組合。	如：「扶搖直上」。	如：「應聲蟲」。
為固定詞組	成語中的每一個組成成分都是固定的，不可隨意更換；每一個組成成分的位置是固定的，因此組成成分間的順序關係是固定的。	如：「四海為家」，無其他參考語詞。	如：「杯弓蛇影」，另有參考語詞包含：「杯蛇弓影」、「弓影浮杯」、「弓影杯蛇」、「蛇影杯弓」。
為古樸典雅的書面語	成語必須在書面使用。	有典源可考的成語意味其出於書面，因此都符合。	倘若成語無典源可考則意味其非出於書面，則不符。
語義須具衍生義	成語必須有典源義外，還要有引申的比喻義。	如：「草菅人命」，比喻輕視人命，任意加以殘害。	如：「偃武修文」，義為「偃息武備，提倡文教」，並無衍生義。

《成語典（網路版）》中共五千多條成語，依上述條件經過篩選後，共有 163 條成語符合本研究成語性質。在眾多被刪除的成語中，以其為「非固定詞組」佔最多數，例如：「朝三暮四」，另有「朝

四暮三」及「暮四朝三」兩種形式;「近悅遠來」,另有「悅近來遠」
的形式。其次為「無來源及出處」,此一因素包含了兩種狀況,一
為出處不明確,如:「貪贓枉法」,語或本無名氏《陳州糶米·第二
折》;「背水一戰」,語或本《尉繚子·天官》,上述兩例雖然都有呈
現出處,但出處並未確定。另一個狀況為四字成語中,前一組(成
語的前兩個字)和後一組(成語的後兩個字)來自不同的出處,而
四字成語本身並無出處,如:「烽火連天」中,「烽火」語出《史記·
卷四·周本紀》,「連天」,語出《後漢書·卷一·光武帝紀》;「平
步青雲」中,「平步」語出唐·白居易〈潯陽歲晚寄元八郎中庾三
十二員外〉詩,「青雲」語出《史記·卷七九·范睢蔡澤列傳·范
睢》。還有「無衍生義」,也就是成語只含有字面義,如:「一無所
知」,意謂「什麼都不知道」;「心平氣和」意思是「心氣平和,不
急不怒」。最後是「非四字格」,如:「英雄無用武之地」、「樹倒猢
猻散」。須特別說明的是,由於《成語典(網路版)》中的成語無論
出處是否明確,都出自典籍或詩歌,因此並無不符合「為古樸典雅
的書面語」的成語。

表 3-3-2　未符合成語選材條件表

一、無出處	烽火連天、尸位素餐、平步青雲、貪贓枉法、同仇敵愾、金戈鐵馬、背水一戰、興師問罪、調虎離山、金戈鐵馬、重整旗鼓、鐵面無私、殺人如麻、眾矢之的、罪魁禍首、興師問罪、生龍活虎、拖泥帶水、氣宇軒昂、笑容可掬、國色天香、閉月羞花、大腹便便、弱不禁風、風燭殘年、一無所知、七上八下、七竅生煙、大驚小怪、五體投地、六神無主、心安理得、心花怒放、心驚肉跳、失魂落魄、自命不凡、坐立不安、咬牙切齒、垂涎三尺、眉飛色舞、眉開眼笑、若無其事、迫不及待、面面相覷、氣急敗壞、海闊天空、高抬貴手、望穿秋水、望眼欲穿、深惡痛絕、惱羞成怒、嗤之以鼻、愁眉不展、愁眉苦臉、義憤填膺、漠不關心、滿面春

風、魂飛魄散、賞心悅目、瞠目結舌、聲色俱厲、額手稱慶、歡天喜地、力爭上游、死心塌地、老氣橫秋、垂頭喪氣、野心勃勃、猶豫不決、一五一十、一語道破、七嘴八舌、人云亦云、三言兩語、不置可否、支吾其詞、文不對題、危言聳聽、如數家珍、冷嘲熱諷、拖泥帶水、信口開河、南腔北調、指桑罵槐、苦口婆心、旁敲側擊、浮光掠影、啞口無言、莫衷一是、單刀直入、期期艾艾、開門見山、隔靴搔癢、滿城風雨、輕描淡寫、暮鼓晨鐘、藏頭露尾、三教九流、大名鼎鼎、如雷貫耳、身敗名裂、呼風喚雨、充耳不聞、目中無人、目空一切、光明磊落、衣冠禽獸、忠心耿耿、流芳百世、涓滴歸公、狼心狗肺、執迷不悟、喪心病狂、斯文掃地、結草銜環、傷天害理、窮兵黷武、錙銖必較、懸崖勒馬、一團和氣、古道熱腸、求全責備、拋磚引玉、花天酒地、等量齊觀、一目十行、一無所知、力不從心、三教九流、不識抬舉、半斤八兩、未卜先知、目光如豆、各有千秋、名不虛傳、呼風喚雨、首屈一指、神通廣大、高瞻遠矚、眼高手低、滿腹經綸、管中窺豹、熟能生巧、爐火純青、人云亦云、反覆無常、引狼入室、文過飾非、巧取豪奪、打退堂鼓、光明磊落、回頭是岸、自作自受、弄巧成拙、步步為營、孤注一擲、招搖撞騙、放蕩不羈、沽名釣譽、咬文嚼字、故步自封、津津有味、背水一戰、苟且偷安、重整旗鼓、食古不化、借刀殺人、借題發揮、倚老賣老、海闊天空、鬼鬼祟祟、偷天換日、得過且過、望而卻步、欲擒故縱、理直氣壯、雪中送炭、喧賓奪主、欺世盜名、無法無天、趁火打劫、裝腔作勢、舞文弄墨、橫行霸道、積重難返、藏頭露尾、體貼入微、一板一眼、一絲不苟、一盤散沙、七手八腳、千方百計、大刀闊斧、手忙腳亂、另起爐灶、任勞任怨、妙手回春、快刀斬亂麻、投機取巧、走馬看花、防微杜漸、和衷共濟、夜以繼日、拖泥帶水、虎頭蛇尾、苦心孤詣、赴湯蹈火、面面俱到、浮光掠影、草草了事、將計就計、移花接木、粗枝大葉、責無旁貸、通宵達旦、提綱挈領、無孔不入、順水推舟、意氣用事、搖旗吶喊、隔岸觀火、雷厲風行、嘔心瀝血、對症下藥、敷衍塞責、露出馬腳、枵腹從公、拋頭露面、爭先恐後、金蟬脫殼、揚長而去、躍躍欲試、心血來潮、失魂落魄、神魂顛倒、魂飛魄散、九死一生、山窮水

	盡、如願以償、自顧不暇、走投無路、流離失所、苦盡甘來、重見天日、狼狽不堪、嬌生慣養、窮途末路、懷才不遇、顛沛流離、充耳不聞、洗耳恭聽、置若罔聞、一念之差、胡思亂想、浮光掠影、深思熟慮、異想天開、水性楊花、依然故我、一見如故、八拜之交、千里鵝毛、水乳交融、另眼相看、耳鬢廝磨、冤家路窄、青黃不接、垂涎三尺、津津有味、鶉衣百結、一帆風順、風塵僕僕、白頭偕老、憐香惜玉、同室操戈、一五一十、入不敷出、寅吃卯糧、慷慨解囊、錙銖必較、錙銖必較、一無所有、囊空如洗、對症下藥、魂飛魄散、體無完膚、吉人天相、人心不古、世態炎涼、半路出家、另起爐灶、安身立命、七零八落、水泄不通、光天化日、烏煙瘴氣、五體投地、暮鼓晨鐘、養精蓄銳、一團和氣、烏煙瘴氣、春風化雨、一知半解、咬文嚼字、移樽就教、觸類旁通、別出心裁、依樣畫葫蘆、淋漓盡致、躍然紙上、人云亦云、文不對題、虎頭蛇尾、粗枝大葉、三教九流、人山人海、五花八門、絕無僅有、寥寥無幾、平分秋色、雪上加霜、旗鼓相當、層出不窮、錦上添花、兩全其美、十拿九穩、大刀闊斧、寸草不留、釜底抽薪、無濟於事、與虎謀皮、十全十美、不同凡響、各有千秋、良莠不齊、相形見絀、美中不足、無與倫比、荒謬絕倫、名不虛傳、背道而馳、迥然不同、一帆風順、一觸即發、木已成舟、水落石出、正中下懷、江河日下、事過境遷、夜長夢多、風吹草動、理直氣壯、無孔不入、無獨有偶、蒸蒸日上、燃眉之急、海底撈針、蚍蜉撼樹、水到渠成、落花流水、旗開得勝、一言難盡、川流不息、不著邊際、天造地設、來龍去脈、空中樓閣、花團錦簇、搖搖欲墜、慘不忍睹、聳人聽聞、美不勝收、海闊天空、開門見山、滿城風雨、天涯海角、國色天香、山窮水盡、鴉雀無聲、重見天日、日月如梭、通宵達旦。
二、非四字	三寸不爛之舌、應聲蟲、登徒子、五十步笑百步、不入虎穴，焉得虎子、快刀斬亂麻、前事不忘，後事之師、割雞焉用牛刀、醉翁之意不在酒、英雄無用武之地、樹倒猢猻散、百聞不如一見、東道主、依樣畫葫蘆、破天荒、賠了夫人又折兵、小巫見大巫、風馬牛不相及、金玉其外，敗絮其中、廬山真面目。

三、非固定詞組	近悅遠來、生殺予奪、城下之盟、移天易日、揭竿而起、黃袍加身、簞食壺漿、偃武修文、朝令夕改、瓦釜雷鳴、豺狼當道、假公濟私、光天化日、怨聲載道、風雨飄搖、烽火連天、尸位素餐、五日京兆、平步青雲、東山再起、狗尾續貂、急流勇退、粉墨登場、終南捷徑、黃鐘毀棄、貪贓枉法、米珠薪桂、開源節流、一決雌雄、以逸待勞、出奇制勝、全軍覆沒、同仇敵愾、血流漂杵、兵不血刃、困獸猶鬥、所向披靡、枕戈待旦、直搗黃龍、金戈鐵馬、長驅直入、背水一戰、短兵相接、勢如破竹、落花流水、旗開得勝、興師問罪、出其不意、出奇制勝、兵不厭詐、知己知彼、堅壁清野、調虎離山、聲東擊西、千軍萬馬、金戈鐵馬、寡不敵眾、厲兵秣馬、秋毫無犯、偃旗息鼓、捲土重來、金城湯池、以身試法、明鏡高懸、約法三章、舞文弄法、天誅地滅、死有餘辜、李代桃僵、殺人如麻、眾矢之的、惡貫滿盈、罪不容誅、罪魁禍首、興師問罪、擢髮難數、人面桃花、不苟言笑、不修邊幅、手舞足蹈、文質彬彬、出水芙蓉、正襟危坐、生龍活虎、目光如炬、沉魚落雁、兩袖清風、拖泥帶水、明眸皓齒、花枝招展、亭亭玉立、冠冕堂皇、威風凜凜、氣宇軒昂、笑容可掬、國色天香、閉月羞花、焦頭爛額、傾國傾城、楚楚可憐、蓬頭垢面、鶴立雞群、汗流浹背、骨瘦如柴、楚楚可憐、腦滿腸肥、血氣方剛、返老還童、雞皮鶴髮、一日三秋、七上八下、大喜過望、大發雷霆、不共戴天、不知所措、不寒而慄、心平氣和、心如刀割、心安理得、心花怒放、心煩意亂、心滿意足、心曠神怡、心驚肉跳、心驚膽戰、手足無措、手舞足蹈、方寸已亂、毛骨悚然、付之一笑、失魂落魄、平心靜氣、甘拜下風、目瞪口呆、如坐針氈、如魚得水、如喪考妣、汗流浹背、耳目一新、自命不凡、呆若木雞、吳牛喘月、坐立不安、忍無可忍、束之高閣、杞人憂天、芒刺在背、見景生情、見獵心喜、兔死狐悲、刻骨銘心、杯弓蛇影、沾沾自喜、咬牙切齒、怒髮衝冠、拭目以待、既往不咎、流連忘返、眉飛色舞、眉開眼笑、負荊請罪、面面相覷、風聲鶴唳、海闊天空、疾言厲色、笑逐顏開、高抬貴手、將信將疑、得意忘形、情不自禁、敝帚自珍、望洋興嘆、望眼欲穿、深惡痛絕、趾高氣揚、麻木不仁、喜出望外、惱羞成怒、椎心泣血、無地自容、痛心疾首、痛定思痛、肅然起敬、勢不兩立、感激涕零、愛屋及烏、愁眉不展、

愁眉苦臉、置之度外、義憤填膺、道貌岸然、嘆為觀止、夢寐以求、槁木死灰、漠不關心、滿面春風、精衛填海、魂不附體、魂飛魄散、憂心如焚、憤世嫉俗、暴跳如雷、賞心悅目、噬臍莫及、瞠目結舌、興高采烈、聲色俱厲、聲淚俱下、額手稱慶、歡天喜地、歡欣鼓舞、驚弓之鳥、一暴十寒、人定勝天、一蹶不振、力爭上游、不屈不撓、心猿意馬、水滴石穿、左顧右盼、再接再厲、死心塌地、百折不撓、老氣橫秋、老驥伏櫪、自強不息、壯志凌雲、投筆從戎、見異思遷、玩物喪志、臥薪嘗膽、垂頭喪氣、英雄氣短、首鼠兩端、乘風破浪、海枯石爛、疾風勁草、胸有成竹、細水長流、朝三暮四、朝秦暮楚、猶豫不決、視死如歸、集思廣益、磨杵成針、瞻前顧後、一五一十、一言九鼎、一針見血、一語道破、一諾千金、七嘴八舌、入室操戈、三人成虎、三寸不爛之舌、三言兩語、三緘其口、口是心非、口若懸河、口誅筆伐、口蜜腹劍、大言不慚、大聲疾呼、不足掛齒、不置可否、反脣相稽、天花亂墜、引經據典、心直口快、以訛傳訛、出言不遜、出爾反爾、石破天驚、交頭接耳、危言聳聽、守口如瓶、老生常談、低聲下氣、冷言冷語、冷嘲熱諷、含血噴人、含沙射影、言人人殊、言不由衷、言過其實、言簡意賅、侃侃而談、咄咄逼人、忠言逆耳、拖泥帶水、花言巧語、金科玉律、信口開河、信口雌黃、南腔北調、指桑罵槐、流言蜚語、穿鑿附會、苦口婆心、要言不煩、海誓山盟、浮光掠影、紙上談兵、高談闊論、啞口無言、斬釘截鐵、牽強附會、眾口鑠金、喋喋不休、曾參殺人、無中生有、街談巷議、滔滔不絕、當頭棒喝、義正辭嚴、道聽塗說、隔靴搔癢、頑石點頭、滿城風雨、語無倫次、輕描淡寫、輕諾寡信、暮鼓晨鐘、模稜兩可、噤若寒蟬、應對如流、避重就輕、藏頭露尾、一呼百諾、一錢不值、三教九流、小家碧玉、不見經傳、中流砥柱、如雷貫耳、妙手空空、身敗名裂、呼風喚雨、坦腹東床、炙手可熱、後起之秀、烏合之眾、眾望所歸、掌上明珠、聲名狼藉、隱姓埋名、一介不取、一毛不拔、一丘之貉、一意孤行、一塵不染、人面獸心、三從四德、上下其手、大逆不道、不可一世、以鄰為壑、包藏禍心、永垂不朽、瓜田李下、目中無人、目空一切、光明磊落、光風霽月、妄自尊大、妄自菲薄、年高德劭、羊質虎皮、老奸巨猾、老氣橫秋、色厲內荏、衣冠禽獸、利令智昏、忘

恩負義、投其所好、沐猴而冠、沆瀣一氣、秀外慧中、見利忘義、兔死狗烹、孤芳自賞、居心叵測、幸災樂禍、忠心耿耿、朋比為奸、東窗事發、物以類聚、前倨後恭、恬不知恥、流芳百世、狡兔三窟、飛揚跋扈、冥頑不靈、剛愎自用、師心自用、旁若無人、狼心狗肺、狼狽為奸、笑裡藏刀、高風亮節、執迷不悟、得寸進尺、得魚忘筌、得隴望蜀、捨生取義、殺身成仁、盛氣凌人、鳥盡弓藏、喪心病狂、悲天憫人、斯文掃地、朝三暮四、結草銜環、飲水思源、傷天害理、搖尾乞憐、暗箭傷人、落井下石、過河拆橋、鉤心鬥角、寡廉鮮恥、歌功頌德、爾虞我詐、盡忠報國、德高望重、窮兵黷武、遺臭萬年、錙銖必較、趨炎附勢、翻雲覆雨、雞鳴狗盜、攀龍附鳳、懸崖勒馬、怙惡不悛、一視同仁、一團和氣、一塵不染、反求諸己、以毒攻毒、以德報怨、古道熱腸、平易近人、甘之如飴、安分守己、安貧樂道、江郎才盡、老成持重、行屍走肉、克勤克儉、求全責備、拋磚引玉、明哲保身、玩世不恭、花天酒地、息事寧人、從善如流、唾面自乾、循規蹈矩、無病呻吟、等量齊觀、網開一面、撥亂反正、燕雀處堂、隨心所欲、隨遇而安、隱惡揚善、黨同伐異、聽天由命、一孔之見、一目十行、一事無成、一竅不通、力不從心、三教九流、三頭六臂、大智若愚、大器晚成、山木自寇、才高八斗、不學無術、不辨菽麥、不識之無、不識抬舉、不識時務、井底之蛙、五十步笑百步、少不更事、少見多怪、牛刀小試、以管窺天、出口成章、出神入化、出類拔萃、半斤八兩、目不識丁、目光如豆、目光如炬、目無全牛、各有千秋、名不虛傳、江郎才盡、百發百中、老蚌生珠、老馬識途、伯仲之間、呆若木雞、坐井觀天、乳臭未乾、刮目相看、呼風喚雨、孤陋寡聞、明鏡高懸、盲人摸象、空谷足音、待價而沽、恃才傲物、春華秋實、洞若觀火、首屈一指、班門弄斧、神通廣大、神機妙算、胸無點墨、酒囊飯袋、得心應手、望塵莫及、眼高手低、脫穎而出、麻木不仁、博古通今、揚眉吐氣、無能為力、登峰造極、登堂入室、超群絕倫、滄海遺珠、腦滿腸肥、遊刃有餘、滿腹經綸、管中窺豹、管窺蠡測、學富五車、獨當一面、雕蟲小技、黔驢技窮、濫竽充數、瞭如指掌、藍田生玉、雞鳴狗盜、鞭長莫及、難兄難弟、鵬程萬里、鶴立雞群、一手遮天、一竅不通、上下其手、口碑載道、小心翼翼、不入虎穴，焉得虎子、

不識時務、反覆無常、引狼入室、文過飾非、以卵投石、以貌取人、出爾反爾、半推半就、巧取豪奪、亦步亦趨、仰人鼻息、光明磊落、向壁虛造、因噎廢食、好逸惡勞、有恃無恐、自欺欺人、自暴自棄、作法自斃、作威作福、作繭自縛、坐以待斃、弄巧成拙、忍氣吞聲、投其所好、投鼠忌器、改邪歸正、改過自新、見義勇為、言聽計從、咎由自取、委曲求全、招搖過市、招搖撞騙、放蕩不羈、明目張膽、明知故犯、明珠暗投、東山再起、東施效顰、東食西宿、沽名釣譽、狐假虎威、虎視眈眈、信手拈來、削足適履、後來居上、急流勇退、按圖索驥、指鹿為馬、故步自封、故態復萌、洗心革面、畏首畏尾、背水一戰、胡作非為、食古不化、借刀殺人、倒行逆施、捕風捉影、旁若無人、海闊天空、破釜沉舟、逆來順受、退避三舍、飢不擇食、馬革裹屍、鬼使神差、偷天換日、捲土重來、望而卻步、望梅止渴、欲蓋彌彰、欲擒故縱、理直氣壯、逢場作戲、雪中送炭、喧賓奪主、欺世盜名、無所事事、無法無天、畫蛇添足、虛張聲勢、貽笑大方、越俎代庖、開門揖盜、陽奉陰違、暗度陳倉、義無反顧、肆無忌憚、腳踏實地、裝腔作勢、裝模作樣、兢兢業業、對牛彈琴、歌功頌德、竭澤而漁、舞文弄墨、裹足不前、暴虎馮河、暴殄天物、標新立異、樂而忘返、奮不顧身、橫行霸道、積重難返、諱疾忌醫、隨波逐流、隨聲附和、矯枉過正、臨深履薄、斷章取義、翻雲覆雨、藏頭露尾、繼往開來、體貼入微、邯鄲學步、鋌而走險、一心一意、一板一眼、一敗塗地、一傅眾咻、一絲不苟、一鳴驚人、一籌莫展、八面玲瓏、亡羊補牢、千方百計、不假思索、不動聲色、不得要領、不遺餘力、井井有條、心猿意馬、手忙腳亂、出生入死、出其不意、出奇制勝、功虧一簣、半途而廢、司空見慣、另起爐灶、左右逢源、打草驚蛇、打草驚蛇、未雨綢繆、甘之如飴、目不交睫、石破天驚、任重道遠、任勞任怨、各自為政、因時制宜、因勢利導、夙夜匪懈、守株待兔、有條不紊、汗流浹背、老馬識途、作壁上觀、冷眼旁觀、吹毛求疵、妙手回春、孜孜不倦、快刀斬亂麻、快馬加鞭、改弦更張、改弦易轍、束手無策、李代桃僵、肝腦塗地、見景生情、赤手空拳、走馬看花、防患未然、刻舟求劍、防微杜漸、和衷共濟、夜以繼日、居安思危、披星戴月、披荊斬棘、抱殘守缺、抱薪救火、拖泥帶水、東窗事發、枉費心

機、虎頭蛇尾、削足適履、前功盡棄、前事不忘，後事之師、按圖索驥、苦心孤詣、負重致遠、赴湯蹈火、面面俱到、倒行逆施、席不暇暖、浮光掠影、疲於奔命、草草了事、馬首是瞻、專心致志、張冠李戴、推波助瀾、推陳出新、捨本逐末、斬釘截鐵、欲速不達、率由舊章、眾志成城、移花接木、粗枝大葉、處心積慮、袖手旁觀、通宵達旦、通權達變、野人獻曝、閉門造車、割雞焉用牛刀、提綱挈領、焚膏繼晷、無孔不入、無可奈何、無所適從、無微不至、痛定思痛、買櫝還珠、順水推舟、飲鴆止渴、愛莫能助、搖旗吶喊、當仁不讓、當機立斷、義不容辭、義無反顧、雷厲風行、嘔心瀝血、對症下藥、漫不經心、精益求精、聞雞起舞、聚精會神、戮力同心、摩頂放踵、膠柱鼓瑟、醉翁之意不在酒、駕輕就熟、墨守成規、獨木難支、隨機應變、優柔寡斷、櫛風沐雨、臨渴掘井、螳螂捕蟬、避重就輕、鞠躬盡瘁、瞻前顧後、懲前毖後、顧此失彼、殫精竭慮、寸步不離、不約而同、升堂入室、左顧右盼、亦步亦趨、合浦珠還、守株待兔、安步當車、冷眼旁觀、姍姍來遲、拋頭露面、抱頭鼠竄、爭先恐後、金蟬脫殼、急流勇退、按兵不動、神出鬼沒、捷足先登、漏網之魚、輕舉妄動、世外桃源、失魂落魄、回心轉意、如釋重負、患得患失、魂不附體、魂飛魄散、九死一生、山窮水盡、水深火熱、四面楚歌、民不聊生、生靈塗炭、名韁利鎖、安居樂業、自顧不暇、衣錦還鄉、否極泰來、形單影隻、赤手空拳、走投無路、孤苦伶仃、流離失所、苦盡甘來、重見天日、捉襟見肘、高枕無憂、動輒得咎、康莊大道、眾叛親離、魚遊釜中、揚眉吐氣、斯文掃地、焦頭爛額、漏網之魚、嬌生慣養、窮途末路、應接不暇、懷才不遇、顛沛流離、驚濤駭浪、叱吒風雲、尾大不掉、百聞不如一見、耳邊風、洗耳恭聽、秋風過耳、馬耳東風、置若罔聞、一念之差、同床異夢、好高騖遠、見仁見智、恍然大悟、胡思亂想、茅塞頓開、浮光掠影、深思熟慮、深謀遠慮、異想天開、搜索枯腸、運籌帷幄、福至心靈、不修邊幅、天真爛漫、水性楊花、沐猴而冠、依然故我、放蕩不羈、鐵石心腸、一刀兩斷、一見如故、八拜之交、三顧茅廬、千里鵝毛、仁至義盡、分道揚鑣、水乳交融、另眼相看、休戚相關、休戚與共、刎頸之交、同病相憐、如膠似漆、形影不離、忘年之交、志同道合、折衝尊俎、投桃報李、沆瀣一氣、肝

膽相照、兩小無猜、披肝瀝膽、相知恨晚、相濡以沫、冤家路窄、狹路相逢、針鋒相對、情投意合、莫逆之交、萍水相逢、開誠布公、賓至如歸、禮尚往來、藕斷絲連、生吞活剝、杯盤狼藉、青黃不接、飢不擇食、嗟來之食、暴殄天物、衣冠楚楚、鶉衣百結、八面玲瓏、狡兔三窟、深居簡出、一帆風順、分道揚鑣、風塵僕僕、乘風破浪、尋花問柳、朝秦暮楚、登峰造極、葉落歸根、樂而忘返、隨波逐流、離鄉背井、白頭偕老、好事多磨、金屋藏嬌、門當戶對、相敬如賓、風花雪月、珠聯璧合、尋花問柳、暗度陳倉、憐香惜玉、舉案齊眉、翻雲覆雨、覆水難收、寸草春暉、牛衣對泣、一五一十、一毛不拔、一擲千金、入不敷出、安步當車、身無長物、阮囊羞澀、寅吃卯糧、細水長流、揮金如土、開源節流、節衣縮食、錙銖必較、錙銖必較、一無所有、家徒四壁、紙醉金迷、酒池肉林、黃粱一夢、腰纏萬貫、豐衣足食、鐘鳴鼎食、囊空如洗、囊空如洗、出生入死、老蚌生珠、含飴弄孫、弄璋之喜、奄奄一息、虎口餘生、起死回生、壽比南山、不可救藥、以毒攻毒、同歸於盡、病入膏肓、壽終正寢、對症下藥、魂飛魄散、體無完膚、體無完膚、化險為夷、心腹之患、生不逢辰、吉人天相、安然無恙、殃及池魚、無妄之災、塞翁失馬、禍起蕭牆、南轅北轍、勞燕分飛、不速之客、東道主、倒屣相迎、世態炎涼、門可羅雀、排難解紛、移風易俗、路不拾遺、繁文縟節、半路出家、另起爐灶、克紹箕裘、不時之需、安身立命、寄人籬下、臨渴掘井、一塵不染、大庭廣眾、水泄不通、光天化日、兵連禍結、近水樓臺、哀鴻遍野、雞犬不寧、養精蓄銳、輾轉反側、簞食瓢飲、一團和氣、三令五申、上行下效、名落孫山、因材施教、有教無類、耳提面命、耳濡目染、春風化雨、循循善誘、潛移默化、切磋琢磨、手不釋卷、生吞活剝、囫圇吞棗、青出於藍、韋編三絕、問道於盲、移樽就教、尋章摘句、焚膏繼晷、開卷有益、溫故知新、融會貫通、舉一反三、鞭辟入裡、觸類旁通、一字千金、一落千丈、入木三分、力透紙背、下里巴人、口碑載道、天馬行空、尺幅千里、巧奪天工、石破天驚、曲高和寡、有聲有色、行雲流水、別出心裁、依樣畫葫蘆、咄咄逼人、屋下架屋、春華秋實、栩栩如生、珠圓玉潤、粉墨登場、高山流水、鬼斧神工、淋漓盡致、陽春白雪、餘音繞梁、膾炙人口、靡靡之音、躍然紙上、

響遏行雲、一波三折、天衣無縫、文質彬彬、出水芙蓉、平易近人、瓦釜雷鳴、行雲流水、虎頭蛇尾、拾人牙慧、洛陽紙貴、穿鑿附會、風花雪月、牽強附會、粗枝大葉、連篇累牘、無病呻吟、一揮而就、劍拔弩張、龍飛鳳舞、三教九流、人山人海、不勝枚舉、五花八門、比比皆是、多多益善、汗牛充棟、車載斗量、屈指可數、近悅遠來、門庭若市、高朋滿座、絕無僅有、集腋成裘、寥若晨星、寥寥無幾、綽綽有餘、聚沙成塔、鳳毛麟角、摩肩接踵、應接不暇、九牛一毛、大書特書、不可救藥、中流砥柱、分庭抗禮、司空見慣、平分秋色、如虎添翼、並駕齊驅、病入膏肓、無出其右、勢均力敵、滄海一粟、旗鼓相當、層出不窮、錦上添花、一箭雙雕、一舉兩得、不翼而飛、合浦珠還、完璧歸趙、得不償失、貪小失大、鷸蚌相爭、一波三折、一勞永逸、一網打盡、人浮於事、十拿九穩、寸草不留、不二法門、天羅地網、正本清源、好事多磨、別開生面、事半功倍、杯水車薪、按部就班、春華秋實、相得益彰、殊途同歸、釜底抽薪、偃旗息鼓、斬草除根、異曲同工、循序漸進、無濟於事、畫餅充飢、畫龍點睛、與虎謀皮、養虎遺患、縱虎歸山、權宜之計、十全十美、不可一世、不同凡響、天衣無縫、引人入勝、各有千秋、良莠不齊、空谷足音、空前絕後、非驢非馬、差強人意、參差不齊、無與倫比、漸入佳境、盡善盡美、瞠乎其後、雞鳴狗盜、鶴立雞群、大謬不然、百發百中、歧路亡羊、魯魚亥豕、大同小異、不謀而合、名不虛傳、名副其實、如出一轍、有名無實、物以類聚、背道而馳、迥然不同、風馬牛不相及、一帆風順、一落千丈、一蹶不振、一觸即發、千軍萬馬、千鈞一髮、方興未艾、日新月異、水落石出、平地風波、正中下懷、危如累卵、如火如荼、死灰復燃、每下愈況、事過境遷、事與願違、夜長夢多、所向披靡、明日黃花、物換星移、物極必反、急如星火、枯木逢春、柳暗花明、風平浪靜、風吹草動、弱肉強食、泰山壓卵、起死回生、強弩之末、得心應手、捲土重來、排山倒海、望風披靡、理直氣壯、無孔不入、勢不可當、勢如破竹、滄海桑田、當務之急、萬象更新、節外生枝、壽終正寢、蒸蒸日上、劍拔弩張、撲朔迷離、樂極生悲、銳不可當、燃眉之急、覆水難收、騎虎難下、驚天動地、驚心動魄、投鼠忌器、易如反掌、迎刃而解、信手拈來、海底撈針、探囊取物、摧枯拉

	朽、談何容易、螳臂當車、蚍蜉撼樹、一敗塗地、出奇制勝、全軍覆沒、百發百中、兩敗俱傷、指日可待、落花流水、旗開得勝、風馳電掣、曇花一現、不脛而走、家喻戶曉、發人深省、當頭棒喝、一目了然、一成不變、一言難盡、一場春夢、一葉知秋、千篇一律、千頭萬緒、千變萬化、土崩瓦解、大千世界、子虛烏有、川流不息、不合時宜、不見經傳、不言而喻、井井有條、五光十色、分崩離析、天造地設、天翻地覆、方枘圓鑿、包羅萬象、四分五裂、外強中乾、永垂不朽、玉石俱焚、光怪陸離、冰消瓦解、安如泰山、有目共睹、有條不紊、別有天地、來龍去脈、咄咄怪事、杳如黃鶴、泥牛入海、花團錦簇、金玉其外，敗絮其中、冠冕堂皇、南柯一夢、昭然若揭、星羅棋布、根深蒂固、格格不入、氣壯山河、涇渭分明、海市蜃樓、珠聯璧合、紛至沓來、脫胎換骨、雪泥鴻爪、絡繹不絕、華而不實、虛有其表、蛛絲馬跡、搖搖欲墜、萬紫千紅、蓋棺論定、盤根錯節、歷歷在目、駭人聽聞、聳人聽聞、廬山真面目、鏡花水月、顛撲不破、觸目驚心、顧名思義、體無完膚、水滴石穿、赤地千里、亭亭玉立、美不勝收、氣象萬千、海闊天空、鬼斧神工、光風霽月、吳牛喘月、春風化雨、風雨飄搖、風調雨順、滿城風雨、一衣帶水、水泄不通、風平浪靜、滔滔不絕、龍飛鳳舞、驚濤駭浪、天涯海角、洞天福地、滄海桑田、龍蟠虎踞、盤根錯節、花枝招展、國色天香、山窮水盡、四通八達、康莊大道、十室九空、車水馬龍、美輪美奐、鉤心鬥角、萬籟俱寂、鴉雀無聲、驚天動地、一錢不值、付之一炬、古色古香、奇貨可居、待價而沽、重見天日、魚目混珠、價值連城、並駕齊驅、火樹銀花、風調雨順、普天同慶、一刻千金、日月如梭、白駒過隙、物換星移、海枯石爛、通宵達旦、千載一時、失之交臂。
四、無衍生義	多難興邦、偃武修文、假公濟私、貪贓枉法、開源節流、以逸待勞、同仇敵愾、長驅直入、知己知彼、寡不敵眾、舞文弄法、大義滅親、格殺勿論、逍遙法外、殺人越貨、不苟言笑、大腹便便、一無所知、大喜過望、心平氣和、心如刀割、心悅誠服、心煩意亂、心滿意足、心曠神怡、既往不咎、流連忘返、庸人自擾、情不自禁、深惡痛絕、喜出望外、惱羞成怒、肅然起敬、置之度外、

	聲色俱厲、額手稱慶、歡天喜地、歡欣鼓舞、有志竟成、百折不撓、自強不息、忍辱負重、投筆從戎、猶豫不決、集思廣益、一語道破、人言可畏、大言不慚、反脣相稽、引經據典、言過其實、忠言逆耳、街談巷議、義正辭嚴、語無倫次、輕諾寡信、後起之秀、永垂不朽、妄自尊大、妄自菲薄、年高德劭、利令智昏、忘恩負義、投其所好、見利忘義、冥頑不靈、執迷不悟、捨生取義、歌功頌德、盡忠報國、德高望重、錙銖必較、一團和氣、反求諸己、以身作則、以德報怨、安分守己、安貧樂道、克勤克儉、防意如城、設身處地、撥亂反正、隨心所欲、隱惡揚善、聽天由命、一無所知、力不從心、大智若愚、名不虛傳、博古通今、熟能生巧、獨當一面、以貌取人、好逸惡勞、自作自受、自欺欺人、投其所好、改邪歸正、改過自新、見義勇為、咎由自取、委曲求全、胡作非為、逆來順受、理直氣壯、欺世盜名、歌功頌德、樂而忘返、奮不顧身、親痛仇快、矯枉過正、繼往開來、不假思索、因地制宜、有備無患、防患未然、防微杜漸、居安思危、前功盡棄、草草了事、專心致志、欲速不達、愛莫能助、當機立斷、義不容辭、群策群力、隨機應變、懲前毖後、殫精竭慮、實事求是、不約而同、躍躍欲試、守望相助、心照不宣、回心轉意、耳熟能詳、安居樂業、百聞不如一見、一念之差、深謀遠慮、一見如故、情投意合、樂而忘返、入不敷出、一無所有、養尊處優、化險為夷、排難解紛、移風易俗、繁文縟節、養精蓄銳、上行下效、因材施教、有教無類、循循善誘、不恥下問、溫故知新、得不償失、貪小失大、循序漸進、適可而止、引人入勝、美中不足、不謀而合、名副其實、有名無實、正中下懷、事過境遷、事與願違、欲罷不能、當務之急、樂極生悲、銳不可當、事在人為、兩敗俱傷、發人深省、一目了然、不合時宜、不言而喻、永垂不朽、有條不紊、歷歷在目、顛撲不破、萬籟俱寂。

　　確定了本研究的成語條目後，接下來要進行分類。在《成語典（網路版）》中，將成語共分為 11 大類 94 小類。詳細如下表：

表 3-3-3　《成語典（網路版）》成語分類表

大類	小類
政治	政權、政府、政風、政局、仕宦、官場。
經濟	財政。
軍事	戰事、軍務、計謀、用兵、軍容、防務。
法律	法紀、法治、功罪。
人物	儀態、體態、年齡、情感、意志、言語、身分、品德、處世、才智、行為、做事、行動、心理、處境、勢力、感官、思想、性格、交誼。
生活	飲食、衣飾、居處、行旅、兩性、家庭、錢財、貧富、生老、病喪、福禍、離合、宴客、社會、事業、謀生、環境、宗教、起居、氣氛。
文教	教育、學習、藝術、文章、書法、學術。
事理	數量、程度、得失、工作、好壞、正誤、異同、情勢、難易、成敗、速度、影響、狀態。
自然	風景、氣候、日月、天文、山水、地理、植物、動物。
物狀	道路、城市、建築、聲音、物品、車輛、距離、景象。
時候	時令、時間、時機。

詳細觀察後，可發現《成語典（網路版）》是依照成語的語義來分類，但在這樣多項的細目分類下，可發現有不少的成語重複出現在不同的類別中，似乎分類過細。為了使研究能便利進行，在本研究中設定將《成語典（網路版）》中的 11 大類 94 小類歸入「人」、「事」、「物」三大類。凡是與人有關，如形象、外表、性格、生活等等，都歸入「人」類，因此包含了《成語典（網路版）》中的「人物」及「生活」兩大類；凡是與抽象的事有關，如政治、經濟、工作等等，都歸入「事」類，因此包含了《成語典（網路版）》中的「政治」、「經濟」、「軍事」、「法律」、「文教」、「事理」，須要加以

說明的是，由於本研究並無規畫時間這一類，而「時候」也屬抽象，所以將「時候」歸在「事」類，因此歸入「事」類的共有七大類；凡是與物有關，如動物、植物、風景等等，都歸入「物」類，因此包含了《成語典（網路版）》中的「自然」及「物狀」兩大類。分類完畢後，本研究的研究對象大致底定，詳細內容列表敘述如下。

表 3-3-4　成語內容及分類表

類別	成語	出處	字面義	衍生義
物	不毛之地	《公羊傳·宣公十二年》。	指堅硬瘠薄、不適種植五穀的土地。	形容荒涼貧瘠的土地。
事	不可思議	《維摩詰所說經·卷中·不思議品第六》。	佛教用語，指不可思慮言說的境界。形容諸佛菩薩覺悟之境地與智慧、神通力之奧妙。	比喻出乎常情，令人無法想像，難以理解。
人	不求甚解	晉·陶潛〈五柳先生傳〉。	讀書著重理解義理，而不過度鑽研字句上的解釋。	形容學習或工作的態度不認真，只求略懂皮毛而不深入理解。
人	不知所云	三國蜀·諸葛亮〈出師表〉。	無。	言語模糊或內容空洞，無法得知意旨為何。
人	本末倒置	《禮記·大學》。	事物的先後次序顛倒。	比喻不知事情的輕重緩急。
人	百戰百勝	《管子·七法》。	打一百次仗，勝一百次。	形容善於作戰，所向無敵。
人	逼上梁山	《水滸傳·第一一回》。	無。	比喻被迫走上絕路，而做出自己不想做或不應做的事。
事	變本加厲	南朝梁·蕭統〈文選序〉。	在原本的基礎上加以改變發展。	指事情改變原有的狀況而顯得更加嚴重。
人	匹夫之勇	《國語·越語上》。	無。	指個人逞血氣之勇。形容人有勇無謀。

類別	成語	出處	字面義	衍生義
人	木人石心	《晉書‧卷九四‧隱逸列傳‧夏統》。	比喻意志堅定，任何外在事物皆不足以動其心。	形容人冷酷無情。
人	毛遂自薦	《史記‧卷七六‧平原君虞卿列傳‧平原君》。	無。	比喻自告奮勇，自我推薦。
人	目不見睫	《韓非子‧喻老》。	眼睛看不見自己的睫毛。比喻見遠而不能見近。	比喻人無自知之明，不能看見自己的過失。
事	名正言順	《論語‧子路》。	形容名分正當，言詞合理。	指所做的事正當而合理，不容置疑。
人	名列前茅	《左傳‧宣公十二年》。	指其名列於隊伍前面。	比喻成績優異，名次排在前面。
人	盲人瞎馬	南朝宋‧劉義慶《世說新語‧排調》。	盲人騎著瞎馬步入險境。	比喻茫然不知處境極為危險。
人	明察秋毫	《纏子》。	目光敏銳，可看見秋天鳥獸新長的毫毛。	比喻洞察一切，能看到極細微的地方。
事	扶搖直上	《莊子‧逍遙遊》。	無。	比喻快速上升，亦用來比喻仕途得意。
人	腹背受敵	《魏書‧卷三五‧崔浩列傳》。	無。	前、後都受到敵人的攻擊。
人	大惑不解	《莊子‧天地》。	十分糊塗、迷惑，不懂道理。	指對事物感到非常疑惑，無法了解。
事	疊床架屋	北齊‧顏之推《顏氏家訓‧序致》。	床上疊床，屋下架屋。	1、比喻重複模仿，無所創新。 2、比喻重複累贅。
人	天作之合	《詩經‧大雅‧大明》。	天意撮合的婚姻。	1、比喻美滿良緣，多用為新婚賀

類別	成語	出處	字面義	衍生義
				詞。 2、指自然形成的伙伴。
事	天經地義	語本《左傳·昭公二十五年》。	無。	天地間原本如此而不容改變的道理。
事	投鞭斷流	北魏·崔鴻《前秦錄》。	把兵士的馬鞭都投到江裡，就能截斷水流。	比喻軍旅眾多，兵力強大。
人	逃之夭夭	《詩經·周南·桃夭》。	無。	比喻逃跑得無影無蹤。
人	堂堂正正	《孫子·軍爭》。	指軍陣強大整齊。	形容光明正大。
物	彈丸之地	《戰國策·趙策三》。	像彈丸一樣大小的地方。	比喻狹小的地方。
人	談虎色變	《二程集·河南程氏遺書·卷二上》。	曾被虎傷過的人，一談到老虎就嚇得變了臉色。	比喻一提及某事就非常害怕。
人	頭頭是道	《禪宗頌古聯珠通集·卷二八·趙州觀音院從諗禪師》。	原為佛教語，指道無所不在。	形容言語清楚明白，有條理。
事	圖窮匕見	《戰國策·燕策三》。	指戰國時荊軻欲刺秦始皇，藏匕首於地圖中，地圖打開至盡頭時，露出匕首。	比喻事情發展到最後，形跡敗露，現出真相。
事	立竿見影	漢·魏伯陽《參同契·如審遭逢章》。	豎立竹竿於陽光下，可立刻見其影。	比喻迅速收到成效。
事	老嫗能解	宋·釋惠洪《冷齋夜話·卷一·老嫗解詩》。	無。	形容文字通俗明白，淺顯易懂。
人	老謀深算	《國語·晉語一》。	心思精密，計慮深遠。	形容人精明老練，計慮深遠。

91

類別	成語	出處	字面義	衍生義
事	良藥苦口	《韓非子·外儲說左上》。	能治好病的藥，多味苦難嚥。	比喻諫言多不順耳，但卻有益於人。
人	兩面三刀	元·李行道《灰闌記·第二折》。	無。	比喻陰險狡猾，耍兩面手法，挑撥是非。
人	梁上君子	晉·華嶠《後漢書》。	無。	竊賊的代稱。
事	雷霆萬鈞	漢·賈山〈至言〉。	無。	比喻威力強大，勢不可擋。
人	樂不可支	《東觀漢記·卷一五·張堪列傳》。	快樂到無法受得住。	形容快樂到了極點。
人	樂不思蜀	晉·習鑿齒《漢晉春秋》。	快樂到一點也不想回去蜀國。	1、比喻人因留戀異地而不想返回故鄉。 2、形容快樂得忘了歸去。
人	濫竽充數	《韓非子·內儲說上》。	意謂不會吹竽的人，混雜於眾多樂工中湊數。	1、比喻沒有真才實學的人，混在行家中充數。 2、比喻拿不好的東西充場面。 3、用於自謙，比喻自己才德不足。
事	瓜熟蒂落	南朝梁·張纘〈瓜賦〉。	瓜熟了，瓜蒂自然脫落。	1、比喻懷胎足月生產。 2、比喻時機成熟，事情自然成功。
人	改頭換面	唐·寒山〈詩〉。	指眾生在六道輪迴中不斷地改變形相而神識依舊不變。	1、比喻形式雖改變，而實質未變。 2、比喻一個人徹底

類別	成語	出處	字面義	衍生義
				改變，有重新做人之意。
人	姑妄言之	《莊子‧齊物論》。	姑且隨便說說。	表示說的不一定是正確的話。
人	孤掌難鳴	《韓非子‧功名》。	一個巴掌難以拍出聲響。	比喻人孤立無助，不能成事。
事	過猶不及	《論語‧先進》。	做事過分就好比做得不夠一樣，都不妥當。	指事情要做得恰到好處。
事	綱舉目張	《呂氏春秋‧離俗覽‧用民》。	比喻能執其要領，則細節自能順理而成。	比喻條理分明。
事	空穴來風	戰國楚‧宋玉〈風賦〉。	有空穴，就會把風招來。	1、比喻事出有因，流言乘隙而入。 2、比喻憑空捏造不實的傳言。
事	戶限為穿	唐‧李綽《尚書故實》。	踏穿門檻。	形容來訪人數眾多。
人	河東獅吼	宋‧蘇軾〈寄吳德仁兼簡陳季常〉詩。	無。	比喻妻子兇悍發威。
人	後生可畏	《論語‧子罕》。	無。	比喻年輕人的成就超越先輩，令人敬畏。
人	害群之馬	《莊子‧徐无鬼》。	無。	比喻危害大眾的人。
人	渾渾噩噩	漢‧揚雄《法言‧問神》。	深厚廣大，嚴肅正直。	1、形容渾樸無知。 2、形容糊裡糊塗，茫無目的。
事	禍不單行	漢‧劉向《說苑‧卷一三‧權謀》。		比喻不幸的事接二連三地發生。
人	諱莫如深	《穀梁傳‧莊公三十二年》。	指沒有什麼比重大的事更需要嚴守祕密的了。形容隱瞞重大的醜聞。	比喻將事情隱瞞得非常嚴密，不為外人所知。

類別	成語	出處	字面義	衍生義
人	豁然開朗	晉・陶潛〈桃花源記〉。	眼前頓時開闊明亮起來。	1、形容心境忽然變得開闊暢快。 2、形容突然領悟到某個道理。
事	豁然貫通	宋・朱熹《四書章句集注・大學章句・五章》。	無。	因對事理領悟通曉，而能全盤理解。
人	鴻鵠之志	《呂氏春秋・士容論》。	像鴻鵠一舉千里般的壯志。	比喻志向遠大。
人	孑然一身	語本《三國志・卷五七・吳書・虞陸張駱吾朱傳・陸瑁》。	無。	形容孤獨一個人。
事	岌岌可危	《管子・小問》。	無。	形容非常危險。
人	借花獻佛	《過去現在因果經・卷一》。	借用別人的花供養佛。	比喻借用他人的東西來作人情。
事	教學相長	《禮記・學記》。	教與學互相增長。	指通過教授、學習，不但能使學生得到進步，而且教師本身的水準也可藉此提高。
人	進退維谷	《詩經・大雅・桑柔》。	無。	形容前進後退都無路可走的困窘處境。
事	錦囊妙計	《三國演義・第五四回》。	封裝在錦囊裡的神妙計策。	比喻預先規畫以應付意外、解決危急的有效方法。
人	矯揉造作	宋・朱熹《四書章句集注・孟子集注・離婁下》。	刻意地人工施為與雕琢。	形容裝腔作勢、刻意做作的態度。
人	舉足輕重	《後漢書・卷二三・竇融列傳》。	一舉腳就會影響兩邊的輕重。	形容所居地位極為重要，一舉一動都足以影響全局。

類別	成語	出處	字面義	衍生義
人	舉棋不定	《左傳·襄公二十五年》。	拿著棋子，不能決定下一步怎樣下。	比喻做事猶豫不決，拿不定主意。
事	切膚之痛	《易經·剝卦》。	指與自身密切相關的痛苦。	比喻極為深刻難忘的感受與經驗。
人	青梅竹馬	語本唐·李白〈長干行〉二首之一。	形容小兒女天真無邪的結伴嬉戲。	比喻從小就相識的同伴。
人	群龍無首	《易經·乾卦》。	群龍出現，卻無領袖。	比喻一群人中缺乏領導者。
事	輕而易舉	宋·朱熹《詩集傳·卷一八·大雅·烝民》。	重量輕而容易舉起。	形容非常輕鬆，毫不費力。
事	請君入甕	唐·張鷟《朝野僉載》。	指唐代酷吏來俊臣用周興自己想的方法刑求他，要周興進到以火燒熱的大甕裡。	1、比喻以其人之法，還治其人之身。 2、比喻使人陷入已設計好的圈套。
人	罄竹難書	《呂氏春秋·季夏紀·明理》。	指即使把所有竹子做成竹簡拿來書寫，也難以寫盡。形容災亂異象極多，無法一一記載。	形容罪狀極多。
物	小巧玲瓏	語本宋·辛棄疾〈臨江仙·莫笑吾家蒼壁小〉詞。	無。	形容極細緻精巧。
人	小時了了	南朝宋·劉義慶《世說新語·言語》。	無。	人在幼年時聰慧敏捷。
人	心不在焉	《禮記·大學》。	心不在其位。	比喻心思不集中。
人	心心相印	《黃蘗山斷際禪師傳心法	指禪宗修行者，師徒不須經由文字、言語的傳	比喻彼此心意互通。

類別	成語	出處	字面義	衍生義
		要》。	達，就能兩心契合，互通禪理。	
人	兄弟鬩牆	《詩經・小雅・常棣》。	指兄弟失和。	比喻團體內部不和睦。
人	行將就木	語本《左傳・僖公二十三年》。	將要進棺材。	指年紀已大，壽命將盡。
事	先發制人	《史記・卷七・項羽本紀》。	無。	凡事先下手取得先機，才能制伏對方。
事	先聲奪人	《左傳・宣公十二年》。	無。	先張大聲威，以挫敗敵人士氣。
物	欣欣向榮	晉・陶潛〈歸去來兮辭〉。	草木生長繁盛的樣子。	比喻事物蓬勃發展、繁榮興盛。
事	軒然大波	唐・韓愈〈岳陽樓別竇司直〉詩。	高揚壯大的波濤。	比喻大的糾紛或風波。
人	現身說法	《大佛頂首楞嚴經・卷六》。	本指佛、菩薩顯現種種化身，向眾生宣說佛法。	比喻以親身經歷為例證，來說明道理或勸導別人。
人	虛與委蛇	《莊子・應帝王》。	心境空虛寂靜，隨物變化。	形容假意慇懃，敷衍應付。
人	虛懷若谷	《老子・第一五章》。	心胸寬廣如山谷能容納萬物。	形容為人謙虛，能接納他人的意見。
人	想入非非	《大佛頂首楞嚴經・卷九》。	無。	形容脫離現實的想像或念頭。
事	新陳代謝	漢・蔡邕〈筆賦〉。	指時序循環中的事物迭交替。	1、形容新舊事態的更新除舊。 2、生物體細胞中各種化學反應的總稱。
人	蕭規曹隨	《史記・卷五四・曹相國世	漢代曹參繼蕭何為相國，舉事皆無所變更。	比喻後人依循前人所訂的規章辦事。

類別	成語	出處	字面義	衍生義
		家》。		
人	知難而退	《左傳·僖公二十八年》。	作戰時遇形勢不利就先行退兵。	指行事遇到困難就退縮不前或伺機退卻。
人	助紂為虐	語出晉·謝靈運〈晉書武帝論〉。	指協助紂王施行暴政。	比喻協助壞人做壞事。
人	張口結舌	《莊子·秋水》。	結舌，舌頭打結。	形容恐懼慌張，或理屈說不出話的樣子。
人	眾望所歸	《高僧傳·卷一·晉長安帛遠》。	無。	深得眾人擁護、愛戴。
人	戰戰兢兢	《詩經·小雅·小旻》。	無。	形容戒慎恐懼的樣子。
人	鑄成大錯	《資治通鑑·卷二六五·唐紀八一·昭宣帝天祐三年》。	指以鐵鑄出大的銼刀。	比喻造成重大的錯誤。
人	出人頭地	宋·歐陽修〈與梅聖俞書〉其三。	高出一個頭。	指超越他人，獨露頭角。
人	赤子之心	《孟子·離婁下》。	嬰兒的心。	比喻純潔、善良的心地。
人	初出茅廬	《三國演義·第三九回》。	初次離開隱居的茅屋。	比喻初入社會，缺乏歷練。
人	長袖善舞	《韓非子·五蠹》。	比喻做事有所憑藉，而易於成功。	比喻有財勢，有手腕，善於社交或鑽營取巧。
人	春風得意	語出唐·孟郊〈登科後〉詩。	指登進士第後稱心如意的感受。	形容人因事情如願以償而心情愉悅滿足。
事	陳陳相因	語出《史記·卷三〇·平準書》。	舊穀一年一年地累積堆陳。	比喻因襲舊例，缺乏創新。

類別	成語	出處	字面義	衍生義
事	楚材晉用	《左傳‧襄公二十六年》。	楚國的人才為晉國所用。	比喻人才外流。
人	躊躇滿志	《莊子‧養生主》。	無。	怡然自得地感到心滿意足。
人	蠢蠢欲動	《左傳‧昭公二十四年》。	像蟲子一樣扭曲著身軀欲有所行動。	比喻人意圖為害作亂。
人	十惡不赦	《隋書‧卷二五‧刑法志》。	十種不可赦免的重罪。	形容罪大惡極，不可饒恕。
人	山高水長	語出宋‧范仲淹〈桐廬郡嚴先生祠堂記〉。	像山一樣的高聳，像水一樣的長流。比喻人品高潔，垂範久遠。	1、比喻情誼或恩德深厚。 2、形容山水景色秀麗。
物	世外桃源	晉‧陶潛〈桃花源記〉。	與世隔絕，開滿桃花的安樂土。	1、比喻風景優美而人跡罕至的地方。 2、比喻心目中理想的世界。
事	史無前例	《南齊書‧卷四六‧陸慧曉列傳》。	無。	指以往從未發生過。
人	始作俑者	「《孟子‧梁惠王上》。	指最初製作人俑來殉葬的人。	比喻首創惡例的人。
人	食言而肥	《左傳‧哀公二十五年》。	經常把說出來的話都吃下去，而變得肥胖。	比喻經常說話都不守信用。
事	甚囂塵上	《左傳‧成公十六年》。	喧譁嘈雜，塵沙飛揚，原指軍隊作戰前的準備情況。	1、形容傳聞四起，議論紛紛。 2、指極為猖狂、囂張。
事	殺雞取卵	典出《伊索寓言‧生金蛋的雞》。	把雞殺了，取出腹中的蛋。	比喻為貪圖眼前的好處而斷絕了長遠的利益。

類別	成語	出處	字面義	衍生義
事	順手牽羊	《禮記‧曲禮上》。	比喻方便行事，毫不費力。	比喻乘機順便取走他人財物。
人	蜀犬吠日	唐‧柳宗元〈招北客文〉。	蜀地的狗看見了日出，便對著太陽狂叫。	形容人少見多怪。
人	數典忘祖	《左傳‧昭公十五年》。	指列舉典故來論說事情，卻反而將自己祖先掌管典籍這件事給忘了。	比喻人忘本。
事	雙管齊下	唐‧朱景玄《唐朝名畫錄‧神品下‧張藻》。	手握雙管同時作畫。	比喻同時採用兩種辦法來做事。
人	人去樓空	唐‧崔顥〈黃鶴樓〉詩。	表示舊地重遊時人事已非，或對故人的思念。	形容畏罪潛逃，不知去向。
人	孺子可教	《史記‧卷五五‧留侯世家》。	無。	指年輕人可以教誨栽培。用於稱許之意。
人	自以為是	《孟子‧盡心下》。	無。	認觀點與做法正確，不肯虛心接受別人的意見。
人	自投羅網	三國魏‧曹植〈野田黃雀行〉。	自己投入羅網裡。	比喻落入他人圈套或自取禍害。
人	自相矛盾	《韓非子‧難一》。	無。	比喻言語或行事前後無法呼應，互相牴觸。
人	自食其力	語本《漢書‧卷二四‧食貨志上》。	無。	憑藉自己的勞力養活自己。
人	自怨自艾	《孟子‧萬章上》。	悔恨自己犯下的錯誤而加以改正。	形容消極的埋怨自責。
人	坐懷不亂	《詩經‧小雅‧巷伯》漢‧毛亨	無。	形容男子行事端正，雖與女子同處而不淫

類別	成語	出處	字面義	衍生義
		傳。		亂。
人	醉生夢死	宋·程頤〈明道先生行狀〉。	像在酒醉和睡夢中那樣醉醺醺、昏沉沉地過日子。	形容生活目的不明確，過得糊里糊塗。
人	草木皆兵	《晉書·卷一一四·苻堅載記下》。	見到風吹草動，都以為是敵兵。	形容疑神疑鬼、驚恐不安。
事	草菅人命	《大戴禮記·保傳》。	無。	比喻輕視人命，任意加以殘害。
人	粗茶淡飯	語本宋·黃庭堅〈四休居士詩幷序〉。	無。	簡單清淡的飲食。
人	慘綠少年	唐·張固《幽閒鼓吹》。	比喻青春年少。	1、指風度翩翩、意氣風發的青年才俊。 2、指彷徨苦惱的少年。
人	三姑六婆	元·陶宗儀《南村輟耕錄·卷一○·三姑六婆》。	指古代婦女所從事的職業名稱。	比喻愛搬弄是非的婦女。
人	三思而行	《論語·公冶長》。	再三考慮，然後行動。	比喻謹慎行事。
人	四海為家	《史記·卷八·高祖本紀》。	形容帝業宏大，富有四海，天下一家。	形容志向遠大或比喻人漂泊不定，居無定所。
人	夙興夜寐	詩經·大雅·烝民》。	無。	形容日夜勤奮，從不懈怠。
事	一了百了	《朱子語類·卷八·學·總論為學之方》。	指一樣事情明白了解，其他各事亦可類推而明白了解。	指主要的事一了結，其餘相關的事也隨之了結。
人	一日千里	《莊子·秋水》。	一日能行千里之遠。形	1、形容速度極快。

類別	成語	出處	字面義	衍生義
			容良馬跑得很快。	2、比喻進步極快或進展迅速。 3、比喻人才出眾。
人	一笑置之	《石門文字禪·卷二六·題所錄詩》。	指笑一笑就把它擱放在一旁。	形容不當成一回事。
事	一氣呵成	明·胡應麟《詩藪·內編·近體中·七言》。	一口氣完成。	1、比喻文章的氣勢流暢，首尾貫通。 2、比喻事情進行得順暢緊湊而不間斷。
事	一朝一夕	《易經·坤卦·文言》。	無。	形容時間短暫。
人	一鼓作氣	《左傳·莊公十年》。	古代作戰時，第一通鼓最能激起戰士們的勇氣。	比喻做事時要趁著初起時的勇氣去做才容易成功。
事	一瀉千里	唐·李白〈贈從弟宣州長史昭〉詩。	形容水奔流直下，通暢快速。	1、比喻文筆流暢，氣勢奔放。 2、比喻快速下降且持續不停。
人	有始無終	語本《詩經·大雅·蕩》。	有開頭而無收尾。	比喻做事半途而廢，不能貫徹到底。
人	言之有物	《易經·家人卦·象》。	無。	指言論或文章有根據、有內容。
人	夜郎自大	《史記·卷一一六·西南夷列傳》。	指夜郎國王妄自尊大。	比喻人見識短淺，狂妄自大。
人	葉公好龍	《莊子》逸文。	指古人葉公以喜歡龍聞名，但真龍下凡到他家，他卻被嚇得面無人	比喻所好似是而非，以致表裡不一，有名無實。

類別	成語	出處	字面義	衍生義
			色。	
事	揚湯止沸	《呂氏春秋・季春紀・盡數》。	將鍋中的沸水舀起，再倒回去，以止住沸騰。	比喻暫時紓解困境，無法根本解決問題。
事	殷鑒不遠	《詩經・大雅・蕩》。	殷商滅亡的教訓，近在眼前。	比喻前人的教訓近在眼前，不可不慎。
人	亡命之徒	《史記・卷八九・張耳陳餘列傳・張耳》。	脫離名籍而逃亡在外的人。	比喻不顧性命作奸犯科的人。
人	吳下阿蒙	晉・虞溥《江表傳》。	指三國吳名將呂蒙。	比喻學識淺陋的人。
人	玩火自焚	《左傳・隱公四年》。	玩火的人，反倒燒死自己。	比喻盲動、蠻幹的人最後將自食惡果。
人	為人作嫁	唐・秦韜玉〈貧女〉詩。	為別人做出嫁時穿的衣裳。	比喻徒然為他人辛苦，自己卻得不到好處。
人	為虎作倀	唐・裴鉶《傳奇》。	指被虎咬死的人，靈魂將化為鬼而為虎所役使。	比喻幫惡人做壞事。
人	唯唯諾諾	《韓非子・八姦》。	連聲稱是。	比喻順從而無所違逆。
人	無的放矢	唐・劉禹錫〈答容州竇中丞書〉。	沒有目標而胡亂放箭，比喻言語或行動沒有目的。	比喻毫無事實根據而胡亂地指責、攻擊別人。
人	無理取鬧	唐・韓愈〈答柳柳州食蝦蟆〉詩。	原指蛙無理由地鳴叫喧鬧。	比喻不合情理的吵鬧或故意搗亂。
事	無懈可擊	《孫子・計篇》三國魏・曹操・注。	沒有任何破綻可讓人攻擊。	形容非常嚴密，沒有缺失。
人	聞一知十	《論語・公冶長》。	得知一件事，便可推知十件相關的事。	形容人稟賦聰敏，善於類推。

類別	成語	出處	字面義	衍生義
事	微乎其微	《爾雅·釋訓》。	形容極其衰微。	形容事物極其細小或精微。
人	萬劫不復	語出《梵網經盧舍那佛說菩薩心地戒品第十·梵網經菩薩戒序》。	指人一旦墮入無間地獄，雖歷經萬次世界毀滅那麼久的時間，也不易投胎為人。	比喻無法挽救的行為或命運。
人	月下老人	唐·李復言《定婚店》。	指主管男女婚姻的神。	指媒人。
人	予取予求	《左傳·僖公七年》。	從我這裡求索取用。	比喻任意取求，需索無度。
人	羽毛未豐	《戰國策·秦策一》。	羽毛尚未長滿成熟。	比喻勢力或能力不夠雄厚，還不足以獨當一面。
事	雨後春筍	宋·趙蕃〈過易簡彥從〉詩。	春筍在雨後長得又多又快。	比喻事物在某一時期新生之後大量湧現，迅速發展。
人	怨天尤人	《論語·憲問》。	抱怨上天，責怪他人。	比喻面對不如意時，一味地歸咎客觀環境，而不能自我檢討。
人	遇人不淑	語出《詩經·王風·中谷有蓷》。	無。	女子誤嫁了不好的丈夫。
人	愚公移山	《列子·湯問》。	無。	1、比喻努力不懈，終能達成目標。 2、或比喻效率不佳。

第四章　成語各類型的修辭技巧

第一節　修辭技巧

　　關於修辭技巧，各家所提出的內容大致相同，僅在種類及數量上有些許的差異。陳望道在《修辭學發凡》中，提出了38種修辭技巧，並將修辭技巧分為四大類：一為「材料上的辭格」，包含譬喻、借代、映襯、摹狀、雙關、引用、仿擬、拈連、移就；二為「意境上的辭格」，包含比擬、諷諭、示現、呼告、夸張、倒反、婉轉、避諱、設問、感嘆；三為「詞語上的辭格」，包含析字、藏詞、飛白、鑲嵌、複疊、節縮、省略、警策、折繞、轉類、回文；四為「章句上的辭格」，包含反複、對偶、排比、層遞、錯綜、頂真、倒裝、跳脫。黃慶萱在《修辭學》一書中，將修辭技巧分為「表意方法的調整」及「優美形式的設計」兩大類，在「表意方法的調整」這一類中，包含了感嘆、設問、摹況、仿擬、引用、藏詞、飛白、析字、轉品、婉曲、夸飾、示現、譬喻、借代、轉化、映襯、雙關、倒反、象徵、呼告；在「優美形式的設計」這一類中，則包含了類疊、對偶、回文、排比、層遞、頂真、鑲嵌、錯綜、倒裝、跳脫，兩類合計共30種修辭技巧。沈謙在《修辭學》一書中並無將修辭技巧作分類，僅提出24種修辭技巧，分別為：譬喻、雙關、映襯、夸飾、婉曲、仿擬、仿諷及反諷、示現、象徵、設問、轉化、借代、引用、藏詞、鑲嵌、類疊、對偶、排比、層遞、頂針、回文、錯綜、倒裝、跳脫。

　　由上述可知，各家所提出的修辭技巧不盡相同。在陳望道所提
出的 38 修辭法中，可發現有些修辭技巧極為少見，甚至已無使用；
而沈謙所提出的 24 種修辭技巧則不夠完整。為避免分類過細，造
成吹毛求疵、混淆難懂，或者分類過少以致遺漏的情形，在這一節
中，我將以黃慶萱所提出的 30 種修辭技巧為架構，融合各家所說，
對修辭技巧作綜合整理，內容如下：

一、感嘆

　　感嘆，就是將深沉的思想或猛烈的情感，用一種呼聲或類似呼
聲的詞句表現出來。也就是說，當一個人遇到可喜、可怒、可哀、
可樂的事物，常會以表露情感的呼聲，來強調內心的驚訝或贊嘆、
傷感或痛惜、歡笑或譏嘲、憤怒或鄙斥、希冀或需要，而這種以呼
聲表露情感的修辭法，就叫「感嘆」。（陳望道，2001：137；黃慶
萱，2002：37）例：「喲，急什麼，這不是都來了嗎？」（白先勇，
1985：102）

二、設問

　　說話行文，不採通常直述方式，而刻意設計問句的形式，藉
以凸顯論點，吸引對象注意，甚或啟發思考，而使話語、文章激
起波瀾的修辭法，叫做「設問」。（沈謙，1995：259；黃慶萱，
2002：47）

　　設問可分為三類：

（一）懸問

　　指說者或作者特地把問題懸示出來，希望聽者或讀者共同思考，尋覓答案。例：「能夠橫跨兩個世紀的人在人類總體上總是少數，而能夠頭腦清醒地跨過去的人當然就更少了。稱得上頭腦清醒，至少要對已逝的一個世紀有一個比較完整的感悟吧？」（余秋雨，1995：35）

（二）激問

　　為激發本意而發問，問而不答，而答案必在問題的反面，也可稱作「反問」。（沈謙，1995：258；陳望道，2001：134；黃慶萱，2002：50）例：「人生原是甘苦參半的，這味兒又豈不雋永？叔叔，您為什麼不能從甘苦中體味出來生活的意義？」（琦君，1981：55）

（三）提問

　　為提起下文而發問，自問自答，先提出問題，後必定有答案在問題的下文。（沈謙，1995：258；陳望道，2001：134；黃慶萱，2002：50）例：「什麼是路？就是從沒有路的地方踏出來的，從只有荊棘的地方開闢出來的。」（魯迅，2002：67）

三、摹況

對自己感受到的各種境況和情況，特別是其中的聲音、色彩、形狀、氣味、觸感等，恰如其分地加以形容描述。（黃慶萱，2001：67）又稱「摹寫」，可分為視覺摹寫、聽覺、嗅覺、味覺、觸覺摹寫。

（一）視覺摹寫

例：「遠近的炊煙，成絲的、成縷的、成捲的、輕快的、滯重的、濃灰的、淡青的、慘白的，在靜定的朝氣裡漸漸的上騰，漸漸的不見；彷彿是朝來人們的祈禱，參差的翳入了天聽。」（徐志摩，1971：85）

（二）聽覺摹寫

例：「開始是一兩下汽車喇叭，像聲輕俏的喟嘆，清亮而遼遠，接著加入幾聲兒童繃脆的嬉笑，隨後驟然間，各種噪音，從四面八方泉湧而出。聲量越來越大，音步越來越急，街上卡車像困獸怒吼，人潮聲，一陣緊似一陣地翻湧，整座芝城，像首扭扭舞的爵士樂，野性奔放地顫抖起來。」（白先勇，1984：81）

（三）嗅覺摹寫

例：「一聲輕快有力的吆喝，瓶蓋倏地迸開，一股甜潤帶酒的柔香，輕輕地散在鼻息之間，令人忍不住閉著眼，深深地吸一口，如酒暖流通遍全身，一時半醉起來。」（簡媜，1985：114）

（四）味覺摹寫

例：「大家圍著三個飯盒吃了一頓肉，甜甜的，腥腥的。」（鍾肇政，1972：96）

（五）觸覺摹寫

例 5：「冰涼地、光膩地、香嫩地貼上來的，是她的臉。」（陳信元，2008：43）

四、仿擬

刻意模仿前人作品中的語句形式，甚至篇章格調，藉由原作在讀者心中早已存在的熟悉印象，引發出新的特殊的旨趣，有時更帶有嘲弄諷刺意味的，叫做「仿擬」。（黃慶萱，2002：93）廣義的仿擬，稱作「仿效」；狹義的仿擬，稱作「仿諷」。

（一）仿效

單純模仿前人的作品，形式結構唯妙唯肖，題材內容則相去不遠，並無諷刺意味。（沈謙，1995：151）例：「七月一過，蟬聲便老。」（張曉風，1996：87）

（二）仿諷

刻意模仿前人作品，形式結構維妙維肖，題材內容與原作迥異。主要是以用崇高宏偉的文體敘述微不足道的瑣事，藉形式與內容的不調和，模擬嘲諷，造成滑稽悅人的效果。（沈謙，1995：151）例：「前清不是有副對麼？『為如夫人洗足，賜同進士出身。』有位我們系裡的同事，也是個副教授，把它改了一句：『替如夫人掙氣，等副教授出頭。』哈！哈！」（錢鍾書，2007：116）

五、引用

說話作文中，引用別人的話或詩詞、成語、俗語等，來印證、補充、對照作者的本意，藉以增強文章或說話的說服力和感染力。（沈謙，1995：347；黃慶萱，2002：125）分「明引」、「暗用」及「化用」三類。

（一）明引

明白指出所引的文字、話語的出處和來源。（沈謙，1995：347；黃慶萱，2002：136）例：「曾文正公說：『作人從早起起。』因為這是每人每日所做的第一件。」（梁實秋，2008：106）

（二）暗用

引用時並未指明出處，而直接將引文編織在自己的文章或講詞中。（沈謙，1995：347；黃慶萱，2002：140）例：「又有人叫她『真理』，因為據說『真理是赤裸裸的』。鮑小姐並未一絲不掛，所以他們修正為『局部的真理』。」（錢鍾書，2007：95）

（三）化用

引用時，語文意義有所變化。（黃慶萱，2002：147）例：「女人不必說，常常『上帝給她一張臉，她自己另造一張。』不塗脂粉的男人的臉，也有『捲簾』一格，外面擺著一副面孔，在適當的時候呱嗒一聲如簾子一般捲起，另露出一副面孔。」（梁實秋，2008：125）

六、藏詞

要用的詞已見於熟悉的成語、諺語、格言或警句中，便把本詞藏了，只講成語、諺語、格言或警句中另一個部分以代替本詞。（沈謙，1995：371；陳望道，2001：153；黃慶萱，2002：167）例：「你要知道，我們都是耳順之年了，晚年喪子，多大打擊！」（朱西寧，1980：78）

七、飛白

為了存真或逗趣，刻意把語言中的方言、俚語、吃澀、錯別、以至行話、黑話，加以記錄或援用。（黃慶萱，2002：185）例：「呸！呸！呸！勿要面孔的東西，看你霉到什麼辰光。」（白先勇，1983：71）

八、析字

講話行文時，刻意就文字的形體、聲音、意義加以分析，由此而創造出修辭的方式來。（黃慶萱，2002：215）例：「田字下面一個力，這明明是告訴你男人是在田裡出力氣的，你跟他們談感情呀！」（康芸薇，1994：83）

九、轉品

一個詞彙，改變其原來詞類而轉化作別一類詞來用。（陳望道，2001：186；黃慶萱，2002：241）例：「有錢便當歸鴨去，一生莫曾口福得這等！」（王禎和，1993：210）

十、婉曲

說話或作文時，不直講本意，只用委婉曲折的方式，含蓄閃爍的言辭，流露或暗示本意。（沈謙，1995：133；黃慶萱，2002：269）分「曲折」、「微辭」及「含蓄」三類。

（一）曲折

用紆徐的言辭來代替直截的表達，故意使文句與含義紆曲。（沈謙，1995：133；黃慶萱，2002：269）例：「英國人是不輕易開口笑的人，但是小心他們不出聲的皺眉！也不知道有多少次河中本來悠閒的秩序叫我這莽撞的外行給搗亂了。」（徐志摩，1971：90）

（二）微辭

把不願直陳的話，避開正面，用側面來表達，使人在隱微婉曲的文辭中，體味那隱藏不漏的巧意。（沈謙，1995：133；黃慶萱，2002：270）例：「炸死了你，我的故事就該完了，炸死了我，你的故事還長著呢！」（張愛玲，1991：158）

（三）含蓄

以撇開正面，不露機鋒的語句，從側面道出，但不說盡，使情於言外，要讀者自己去尋繹，方感到意味深長。（沈謙，1995：133；黃慶萱，2002：270）例：「賽因河的柔波裡掩映著羅浮宮的倩影，它也收藏著不少失意人最後的呼吸。」（徐志摩，1971：35）

十一、夸飾

　　語文中誇張鋪飾，超過了客觀事實，使其所表達的形象益發凸顯，情意更為鮮明，藉以加深讀者或聽眾的印象，重在主觀情意的暢發，不重在客觀事實的紀錄。（沈謙，1995：117；陳望道，2001：122；黃慶萱，2002：285）例：「雨仍落，似乎已這樣無奈地落了許多世紀。」（張曉風，1996：50）

十二、示現

　　語文中透過豐富的想像，把實際上不聞不見的事物，說的如見如聞。（陳望道，2001：118；黃慶萱，2002：305）

（一）追述的示現

　　將過去的事情描述得彷彿仍在眼前。（沈謙，1995：203；陳望道，2001：119；黃慶萱，2002：312）例：「一下了超級大道，才進市區，嵯峨峻峭的山勢，就逼在接到的盡頭，舉起那樣沉重的蒼青黛綠，俯臨在市鎮的上空，壓得你抬不起眼睫。」（余光中，2002：123）

（二）預言的示現

　　將未來的事情描述得好像已經發生在眼前。（沈謙，1995：203；陳望道，2001：119；黃慶萱，2002：314）例：「桃樹、杏樹、李

樹，你不讓我，我不讓你，都開滿了花趕趟兒。紅的像火，粉的像霞，白的像雪。花裡帶著甜味；閉了眼，樹上彷彿已經滿是桃兒、杏兒、梨兒。」（朱自清，2001：34）

（三）懸想的示現

　　把想像的事情說得像真在眼前一般，跟時間的過去、未來一點兒也沒有關係。（沈謙，1995：203；陳望道，2001：119；黃慶萱，2002：315）例：「春天已經破冰了。當我這麼想時，彷彿看到無邊際的透明冰河上，一名瘦女子悠閒地散步。在她的步履起落之間，冰層脆聲而裂露出水，晃動雲影天光。」（簡媜，1990：61）

十三、譬喻

　　譬喻，又稱比喻，也就是俗謂的「打比方」。凡兩件或兩件以上的事物中有類似之點，也就是思想的物件同另外的事物有了類似點，說話和寫文章時就用那另外的事物來比擬這思想的物件。簡單的說，就是「借彼喻此」。（陳望道，2001：68；黃慶萱，2002：321；沈謙，1995：3）

　　關於譬喻句式的組成成分及譬喻的分類，陳望道及黃慶萱分別提出以下說明：

> 譬喻的成立，實際上共有思想的對象、另外的事物和類似點等三個要素，因此文章上也就有正文、譬喻和譬喻語詞等三個成分。憑著這三個成分的異同及隱現，譬喻辭格可以分為明喻、隱喻、借喻三類。（陳望道，2001：68）

譬喻句式，是由「事物本體」和「譬喻語言」兩大部分構成。
所謂「事物本體」，是所要說明的事物本身，簡稱「本體」。
所謂「譬喻語言」，是譬喻說明此一事物本體的語言，又包
括：「喻體」，拿來作比方的另一事物；「喻詞」，是連接本體
和喻體的語詞；有時更增添「喻旨」，把譬喻的意義所在也
點出了。由於喻詞有時可以改變，甚至可以省略，本體、喻
旨之或省或增，喻體之或多或少，所以譬喻也就可分：明喻、
隱喻、較喻、略喻、借喻、詳喻、博喻等等。（黃慶萱，2002：
327）

由上述可知，譬喻句式中包含「本體」、「喻體」及「喻詞」三個成
分，並因這三個成分的有無及差異，將譬喻分為明喻、隱喻、較喻、
略喻、借喻、詳喻、博喻七類。

（一）明喻

凡「本體」、「喻詞」、「喻體」三者具備，且喻詞為「好像」、
「如同」、「彷彿」、「一樣」或「猶」、「若」、「如」、「似」等，為
明喻。（陳望道，2001：69；黃慶萱，2002：327）例：「我的心像
一座噴泉，在陽光下湧溢著七彩的水珠兒。」（張曉風，1996：89）

（二）隱喻

凡具備「本體」、「喻體」，而「喻詞」由「繫詞」及「準繫詞」
如「是」、「為」、「成」、「作」等代替者，也稱「暗喻」。（黃慶萱，
2002：328-329）例：「女人的力量，我確是常常領略到的。女人就
是磁鐵，我就是一塊軟鐵。」（朱自清，2001：18）

（三）較喻

凡具備「本體」、「喻體」，而「喻詞」由差比詞（通常由形容詞加介詞構成）替代。（黃慶萱，2002：331）例：「不知怎的，這兒的空氣竟如此清新，明澈，直賽水晶，一塵不染！」（曹靖華，2004：75）

（四）略喻

凡省略「喻詞」，只有「本體」、「喻體」的譬喻，稱為「略喻」。（黃慶萱，2002：332）例：「橋，搭築在兩岸之間；友情，聯繫於兩心之間。」（張秀亞，2005，39）

（五）借喻

凡將「本體」、「喻詞」省略，只剩下「喻體」，稱作「借喻」。（黃慶萱，2002：334）例：「也許在讀一些書的時候，你雖盡力誦記，末了卻是忘掉了。但是不必以為無所獲得，『入過寶山的人，絕不會空回的。』」（張秀亞，2008：56）

（六）詳喻

「本體」、「喻詞」、「喻體」之外，更直接說出喻旨。（黃慶萱，2002：338）例：「她如同獅子滾繡球一般，無一時不活動。」（冰心，1993：52）

（七）博喻

「本體」只有一個，卻用許多「喻體」來形容說明，稱作「博喻」。（黃慶萱，2002：341）例：「過去的日子如輕煙，被微風吹散了，如薄霧，被初陽蒸融了；我留著些什麼痕跡？我何曾留著像游絲樣的痕跡？」（朱自清，2001：30）

十四、借代

在談話行文中，放棄通常使用的本名或語句不用，而另找其他與本名密切相關的名稱或語句來代替。（黃慶萱，2002：355）

（一）以事物特徵或標誌代替事物

例：「尹雪艷站在一旁，叼著金嘴子的三個九，徐徐地噴著煙圈。」（白先勇，1983：94）

（二）以事物的所在地或所屬代替事物

例：「一連五六個春夜，每次寫到全臺北都睡著，而李賀自唐朝醒來。」（余光中，2002，230）

（三）以事物作者或產地代替事物

例：「最後，躺在床上，筋疲力盡，我還看了幾頁太史公。」（王鼎鈞，1975：159）

（四）以事物的材料或工具代替事物

例：「在早年，弓馬刀劍本是比辯論修辭更重要的課程。」（楊牧，1998：32）

（五）部分和全體相代

例：「我為了明天的麵包及昨日的債務辛勞地工作。」（紀弦，1996：45）

（六）特定和普通相代

例：「湖南是中國的斯巴達。」（蔣夢麟，2008：248）

（七）具體與抽象相代

例：「你向女人猛然提出一個問句，她的第一個回答大約是正史；第二個就是小說了。」（張愛玲，1974：95）

（八）原因和結果相代

例：「我也沒有妳們那樣餓嫁，個個去捧棺材板。」（白先勇，
1985：147）

（九）借作用代實體

例：「策扶老以流憩。」（楊仲佐、張少安，1970：36）

（十）借動作代本體

例：「傾囊相授」（教育部國語推行委員會，2007）

十五、轉化

描述一件事物時，轉變其原來性質，化成另一種本質截然不
同的事物，而加以形容敘述。又稱「比擬」。（沈謙，1995：275；
黃慶萱，2002：377）可分為「人性化」、「物性化」及「形象化」
三類。

（一）人性化

擬物為人，也就是描寫一件東西，把東西比作人，也稱「人格
化」或「擬人格」。（沈謙，1995：275；黃慶萱，2002：379）例：
「我們是一列樹，立在城市的飛塵裏。」（張曉風，1996：128）

（二）物性化

擬人為物，也就是描寫一個人，把人比作東西。（沈謙，1995：275；黃慶萱，2002：388）例：「不知道有誰在撕毀著我的翅膀，使我不能飛揚。」（楊喚，2006：145）

（三）形象化

擬虛為實。（黃慶萱，2002：393）例：「我們仍固執地製造不被珍惜的清新。」（張曉風，1996：129）

十六、映襯

在語文中，把兩種不同的，特別是相反的觀念或事實，貫串或對列起來，兩相比較，互為襯托，從而使語氣增強，使意義明顯的修辭方法。（沈謙，1995：81；黃慶萱，2002：409）可分為「對襯」、「雙襯」及「反襯」。

（一）對襯

把兩種或兩組不同的人、事、物，放在一起，從不同的觀點予以形容描寫，用以對比、烘托。（沈謙，1995：81；黃慶萱，2002：412）例：「我們的經濟從來沒有富裕過，我們的日子卻從來沒有貧乏過。」（張曉風，1996：84）

（二）雙襯

針對同一個人或同一件事物，從兩種不同的觀點予以形容描寫，使它凸顯。（沈謙，1995：81；黃慶萱，2002：416）例：「香港是一個華美的但是悲哀的城。」（張愛玲，2001：69）

（三）反襯

對於一種事物，用恰恰與這種事物的現象或本質相反的語詞加以描寫。（沈謙，1995：81；黃慶萱，2002：419）例：「那麼我就有藉口可以和她吵吵，咒罵那個溼淋淋的太陽。」（李昂，1975：25）

十七、雙關

一語同時顧到兩種事物或兼含兩種意義的修辭法。（沈謙，1995：61）可分為「字音雙關」、「詞義雙關」及「語意雙關」三種三種。

（一）字音雙關

一個字除本字所含的意義外，又兼含另一個與本字同音的字的意義。（沈謙，1995：61；黃慶萱，2002：435）例：「東邊日出西邊雨，道似無晴卻有晴」（楊仲佐、張少安，1970：68）

（二）詞義雙關

一個詞在句中兼含兩種意思。（沈謙，1995：61；黃慶萱，2002：439）例：「第二天一早，我便搭平快車『空洞、空洞』坐了一整天，才算惺到臺北。」（李敖，2000：356）

（三）語意雙關

一句話，或是一段文字，雙關到兩件事物或兩層意思。（沈謙，1995：61；黃慶萱，2002：444）例：「無論如何，我們這城市總得有一些人迎接太陽。」（張曉風，1996：129）

十八、倒反

言辭表面的意義和作者內心真意相反。（陳望道，2001：127；黃慶萱，2002：455）分為「倒辭」和「反語」兩種。

（一）倒辭

沒有諷刺他人成分的倒反語，但可以自嘲。（黃慶萱，2002：462）例：「輸呀，輸得精光才好呢！反正家裡有老牛馬墊背，我不輸也有旁人替我輸！」（白先勇，1983：189）

（二）反語

含有諷刺他人成分的倒反語。（黃慶萱，2002：464）例：「不知是受了哪一位大人先生的恩典，這一條臭水溝被改為下水道，上面鋪了柏油路，從此這條水溝不復發生承受垃圾的作用，使得附近句民多麼不便。」（梁實秋，1990：145）

十九、象徵

任何一種抽象的觀念、情感、與看不見的事物，不直接予以指明，而由於理性的關聯、社會的約定，從而透過某種具體形象作媒介，間接加以陳述的表達方式。（黃慶萱，2002：477）例如：朱自清在〈背影〉中，以「朱紅色的橘子」象徵「父愛」。（朱自清，2001：96）

二十、呼告

說話或作文中，先呼叫對方，以引起對方注意，再告訴他要說的事情；甚至突然撇開聽眾或讀者，直接對所敘的人或事物，呼名傾訴，以表達更為強烈的情感。（黃慶萱，2002：513）分為「呼人」及「呼物」兩類。

（一）呼人

對面前或不在面前的人，甚至死人，呼名告訴，有時還可能兼具示現性質。（黃慶萱，2002：516）例：「笑吧！快樂的小姑娘！我自你的臉上看見我的『過去』，你卻不曾自我影子中看出你的『未來』。」（張秀亞，2008：105）

（二）呼物

呼喚事物的名稱而有所傾訴，是一種帶有人性化或人格化的呼告。（黃慶萱，2002：521）例：「中國啊中國！你全身的痛楚就是我的痛楚；你滿臉的恥辱就是我的恥辱。」（余光中，2002：68）

二十一、類疊

同一個字、詞、語、句，或連接，或隔離，重複地使用著，以加強語氣，使講話行文具有節奏感。（黃慶萱，2002：531）分「疊字」、「類字」、「疊句」及「類句」。

（一）疊字

同一字詞的連接使用。（沈謙，2001，423）例：「由於這些花，我自然而然的想起北平裡的花花朵朵，與這些簡直沒有兩樣，然而我怎麼也不能把童年時的情感再回憶起來。」（陳之藩，1990：154）

（二）類字

　　同一字詞的隔離使用。（沈謙，2001，423）例：「房間裡有灰綠色的金屬品寫字檯，金屬品圈椅，金屬品文件高櫃。」（張愛玲，2001：98）

（三）疊句

　　語句的連續出現，或稱「連接反復」。（沈謙，2001，423）例：「盼望著！盼望著！東風來了，春天的腳步近了。」（朱自清，2001：16）

（四）類句

　　語句隔離的出現，或稱「間格反復」。（沈謙，2001，423）例：「他思索了一會，又煩躁起來，向她說到：『我自己也不懂得我自己──可是我要你懂得我！我要你懂得我！』」（張愛玲，1991：146）

二十二、對偶

　　把字數相等、語法類似、詞性相同、意義相關的兩個句組、單句或語詞，一前一後，成雙成對地排列在一起。（沈謙，1995：451；黃慶萱，2002：591）分「句中對」、「單句對」、「隔句對」、「長對」及「排對」。

（一）句中對（當句對）

　　同一句中，上下兩個短語，自為對偶。（沈謙，1995：451）又名「當句對」。例：「岸芷汀蘭，郁郁青青。」（楊仲佐、張少安，1970：160）

（二）單句對

　　上下兩句，字數相等、詞性相同、平仄相對。（沈謙，1995：451）例：「我來，是人情；不來，是本份。」（白先勇，1985：187）

（三）隔句對

　　第一句與第三句對，第二句與第四句對。（沈謙，1995：451）例：「我們是一個講究學歷和資格的民族：在科舉時代，講究的是進士；在科學時代，講究的是博士。」（余光中，2002：157）

（四）長對

　　奇句對奇句，偶句對偶句，至少三組。又稱「長對」。（沈謙，1995：451）例：「酒，蕩漾在玻璃杯裡，瑚珀般的艷紅；笑，蕩漾在她的唇邊，紅莓般的動人。」（張秀亞，2008：39）

（五）排對

　　由兩個以上的對偶句排列而成。也稱排偶對或排比對。（黃慶萱，2002：621）例：「這中間住過英雄，住過盜賊，或據險自豪，或縱橫馳驟，也曾熱鬧過一番。現在卻無精打彩，任憑日晒風吹，一聲兒也不響。」（朱自清，2001：79）

二十三、回文

　　上下兩句或句組，詞彙部分相同，而詞序大致相反的辭格。（沈謙，1995：559；黃慶萱，2002：629）例：「十字常常寫成千字，千字常常寫成十字。」（胡適，1995：63）

二十四、排比

　　用三個或三個以上結構相似、語氣一致、字數大致相等的語句，表達出同範圍同性質的意象。（黃慶萱，2002：651）例：「洗手的時候，日子從水盆裡過去；喫飯的時候，日子從飯碗裡過去；默默時，便從凝然的雙眼前過去。」（朱自清，2001：25）

二十五、層遞

　　說話行文時，針對至少三種以上的事物，依大小輕重本末先後等一定比例，依序層層遞進。（沈謙，1995：505）例：「一切的意義只在『生命』中存在，『生命』只在『愛』中存在。」（子敏，1997：94）

二十六、頂真

　　用上一句結尾的詞彙，作下一句的起頭，使鄰接的句子頭尾借同一詞彙的蟬連而有上遞下接趣味的修辭法。（黃慶萱，2002：689）例：「被挖者不敢出聲，出聲則口張，口張則『車』被挖回，挖回則必悔棋，悔棋則不得勝，這種認真的態度憨得可愛。」（梁實秋，1990：73）

二十七、鑲嵌

　　凡是在語句的頭尾或中間，故意插入虛字、數目字、特定字、同義或異義字，來拉長文句，使語義更鮮明，語趣更豐富。（黃慶萱，2002：719）例：「海灘上布滿了橫七豎八割裂的鐵絲網，鐵絲網外面，淡白的海水汩汩吞吐淡黃的沙。」（張愛玲，1991：85）

二十八、錯綜

　　把形式整齊的辭格，如類疊、對偶、排比、層遞等，故意抽換詞彙、交蹉語次、伸縮文句、變化句式，使其形式參差，詞彙別異。（沈謙，1995：595；陳望道，2001：203；黃慶萱，2002：753）可分為「抽換詞面」、「交蹉語次」、「調整語法」、「伸縮文身」及「變化句式」。

（一）抽換詞面

　　以同義的詞語取代形式整齊的句子中的某些詞語，叫作抽換詞面。（黃慶萱，2002：755）例：「我有時候從事實出發，不知不覺的進入抽象，玩起『概念的積木』。我有時候從概念出發，不知不覺的進入事實，回憶起悠悠的往事。」（子敏，1997：65）

（二）交蹉語次

　　把詞、語、句等語言成分的次序，安排得前後不同。（黃慶萱，2002：758）例：「自然界給他安慰、快樂，他也在自然界找到快樂、安慰。」（張秀亞，2008：108）

（三）調整語法

　　把原本結構相近的語句，刻意更改其結構型態，使語法參差別異。（黃慶萱，2002：761）例：「這上面的夜的天空，奇怪

而高，我生平沒有見過這樣奇怪而高的天空。」（魯迅，2002：163）

（四）伸縮文身

把原本形態相同、字數相等的句子，故意伸縮變化字數，使長短不齊。（黃慶萱，2002：763）例：「我是一個生命的信徒，起初是的，今天還是的，將來我敢說，也是的。」（徐志摩，1971：141）

（五）變化句式

把肯定句和否定句，直述句和詢問句，駢式句和散式句等等，穿插使用。（黃慶萱，2002：770）例：「是那個聰明的古人想起來以木象春而以金象秋的？我們喜歡木的青綠，但我們怎能不欽仰金屬的燦白？」（張曉風，1996：36）

二十九、倒裝

語文中刻意顛倒文法上、邏輯上正常順序的語句。（沈謙，1995：627）例：「流著，溫馴的水波；流著，纏綿的恩怨。」（徐志摩，1971：89）

三十、跳脫

由於心念的急轉，事象的凸出，語文半路斷了語路。（沈謙，1995：657；黃慶萱，2002：821）可分為「突接」、「岔斷」、「插語」及「脫略」。

（一）突接

敘事的時候，一件事尚未完畢，突然接敘另一件事。（沈謙，1995：657；黃慶萱，2002：822）例：「我只是想——唉，屋裡為什麼這樣冷靜啊！」（林海音，1975：56）

（二）岔斷

由於其他事象橫闖進來，使思慮、言語、行為中斷。（沈謙，1995：657；黃慶萱，2002：824）例：「設法遺忘是一件痛苦的事。——羅兄，原來在這裡。校長要我來找你。」（水晶，1985：25）

（三）插語

在必須的言語之外，插入若干話語。（沈謙，1995：657；黃慶萱，2002：826）例：「宣統三年九月十四日——即阿 Q 將搭連賣給趙白眼的這一天——三更四點，有一隻大烏篷船到了趙府上的河埠頭。」（魯迅，1996：127）

（四）脱略

　　為適應情勢的急迫，要求文氣的緊湊，說話行文時故意省略若干語句。（沈謙，1995：657；黃慶萱，2002：827）例：「胡琴咿咿啞啞拉著，在萬盞燈的夜晚，拉過來又拉過去，說不盡的蒼涼的故事——不問也罷！」（張愛玲，1991：230）

　　最後，需要加以說明的是，陳望道認為「修辭不過是調整語辭使達意傳情能夠適切的一種努力」（陳望道，2001：6），而黃慶萱提出「修辭學是研究如何調整語文表意的方法，設計語文優美的形式，使精確而生動地表出說者或作者的意象，期能引起讀者共鳴的一種藝術」（黃慶萱，2002：12）。由此可知，在中華文化中，修辭技巧的使用，目的在於以優美的語文形式來傳情達意，因此僅著重在字面語詞形式的修飾，並無涉及意義連結的部分。

第二節　關於人的成語的修辭技巧

　　在這一節中，將分析關於人的成語使用修辭技巧的情形。分析前須先加以說明的是，在上一節的最後提到，中華文化中的修辭技巧，著重在「字面語詞形式的修飾」，因此在分析各成語的修辭技巧使用情形時，必須從字面的語詞形式來著手，並不涉及意義層面。以「百戰百勝」為例，在此一成語中出現了兩個「百」字，就是「同一個字、詞、語、句，或連接，或隔離，重複地使用著」（詳見前節），符合「類疊」的定義，因此為「類疊」技巧的使用；另將「百戰百勝」拆為「百戰」與「百勝」兩組來看，「百戰」與「百

勝」都由兩個字組成，字數相等，並同樣是「副詞+動詞」的組合，就是「把字數相等、語法類似、詞性相同、意義相關的兩個句組、單句或語詞，一前一後，成雙成對地排列在一起」（詳見前節），符合「對偶」的定義，因此為「對偶」技巧的使用。由此可知，「百戰百勝」這一個成語，使用了「類疊」及「對偶」兩種修辭技巧。其他成語的修辭技巧使用情形，製成表格如下：

表 4-2-1　關於人的成語的修辭技巧

成語＼修辭技巧	感嘆	設問	摹況	仿擬	引用	藏詞	飛白	析字	轉品	婉曲	夸飾	示現	譬喻	借代	轉化	映襯	雙關	倒反	象徵	呼告	類疊	對偶	回文	排比	層遞	頂真	鑲嵌	錯綜	倒裝	跳脫
不求甚解																														
不知所云																													◎	
本末倒置																		◎												
百戰百勝																					◎	◎							◎	
逼上梁山																														
匹夫之勇																													◎	
木人石心												◎							◎											
毛遂自薦																														
目不見睫																														
名列前茅																														
盲人瞎馬																			◎											
明察秋毫											◎																			
腹背受敵																		◎												
大惑不解																														
天作之合											◎																		◎	
逃之夭夭																					◎								◎	
堂堂正正																					◎	◎								
談虎色變																														
頭頭是道												◎							◎											

修辭技巧＼成語	感嘆	設問	摹況	仿擬	引用	藏詞	飛白	析字	轉品	婉曲	夸飾	示現	譬喻	借代	轉化	映襯	雙關	倒反	象徵	呼告	類疊	對偶	回文	排比	層遞	頂真	鑲嵌	錯綜	倒裝	跳脫
老謀深算															◎															
兩面三刀																						◎						◎		
梁上君子																														
樂不可支																														
樂不思蜀																														
濫竽充數															◎			◎												
改頭換面												◎										◎								
姑妄言之																												◎		
孤掌難鳴																														
河東獅吼			◎																											
後生可畏															◎													◎	◎	
害群之馬																												◎		
渾渾噩噩																					◎	◎								
諱莫如深										◎	◎																			
豁然開朗																														
鴻鵠之志												◎	◎																	
子然一身																												◎		
借花獻佛																						◎								
進退維谷																◎														
矯揉造作																						◎								
舉足輕重																◎														
罄竹難書					◎	◎																								
小時了了																						◎								
心不在焉																◎														
心心相印																◎						◎								
兄弟鬩牆																◎														
行將就木										◎																				
現身說法																						◎								

成語＼修辭技巧	感嘆	設問	摹況	仿擬	引用	藏詞	飛白	析字	轉品	婉曲	夸飾	示現	譬喻	借代	轉化	映襯	雙關	倒反	象徵	呼告	類疊	對偶	回文	排比	層遞	頂真	鑲嵌	錯綜	倒裝	跳脫
虛與委蛇									◎																					
虛懷若谷												◎																		
想入非非														◎							◎									
蕭規曹隨																														
知難而退																													◎	
助紂為虐																														
張口結舌										◎												◎								
眾望所歸																													◎	
戰戰兢兢																					◎	◎								
鑄成大錯															◎															
出人頭地																														
赤子之心														◎														◎		
初出茅廬																														
長袖善舞				◎																										
春風得意												◎																		
躊躇滿志																														
蠢蠢欲動														◎							◎									
十惡不赦																													◎	
山高水長		◎																				◎								
始作俑者																														
食言而肥												◎			◎															
蜀犬吠日		◎																												
數典忘祖																						◎								
人去樓空																														
孺子可教																														
自以為是																														
自投羅網																														
自相矛盾																◎														

修辭技巧 / 成語	感嘆	設問	摹況	仿擬	引用	藏詞	飛白	析字	轉品	婉曲	夸飾	示現	譬喻	借代	轉化	映襯	雙關	倒反	象徵	呼告	類疊	對偶	回文	排比	層遞	頂真	鑲嵌	錯綜	倒裝	跳脫
自食其力											◎				◎															
自怨自艾																					◎	◎								
坐懷不亂																														
醉生夢死																◎						◎								
草木皆兵															◎															
粗茶淡飯																						◎								
慘綠少年														◎																
三姑六婆																						◎							◎	
三思而行																													◎	
四海為家														◎															◎	
夙興夜寐																◎						◎								
一日千里											◎																		◎	
一笑置之																													◎	
一鼓作氣																													◎	
有始無終																◎						◎								
言之有物														◎															◎	
夜郎自大																														
葉公好龍								◎																						
亡命之徒																													◎	
吳下阿蒙																														
玩火自焚																														
為人作嫁																														
為虎作倀																														
唯唯諾諾																					◎	◎								
無的放矢																														
無理取鬧																														
聞一知十																						◎							◎	
萬劫不復											◎																			

修辭技巧 / 成語	感嘆	設問	摹況	仿擬	引用	藏詞	飛白	析字	轉品	婉曲	夸飾	示現	譬喻	借代	轉化	映襯	雙關	倒反	象徵	呼告	類疊	對偶	回文	排比	層遞	頂真	鑲嵌	錯綜	倒裝	跳脫
月下老人																														
予取予求																◎					◎	◎								
羽毛未豐																														
怨天尤人																						◎								
遇人不淑																														
愚公移山												◎																		

經過分析統計後，歸結出關於人的成語共 109 條，使用了 12 種修辭技巧，分別是「摹況」、「轉品」、「夸飾」、「譬喻」、「借代」、「轉化」、「映襯」、「雙關」、「類疊」、「對偶」、「鑲嵌」及「倒裝」，其中使用「對偶」及「鑲嵌」的成語各佔 24 條（22%），為最多數；其次為「類疊」13 條（11%）。再細探隱喻技巧的使用情形，可發現在關於人的成語中，並無隱喻技巧的使用。

第三節　關於事的成語的修辭技巧

在這一節中，將分析關於事的成語使用修辭技巧的情形。分析時仍須著重在「字面語詞形式的修飾」，不涉及意義層面。以「良藥苦口」為例，「苦口」意指「嘴巴感受到苦味」，此為「味覺」上的描述，因此為「摹況」技巧的使用。其他成語的修辭技巧使用情形，製成表格如下：

表 4-3-1　關於事的成語的修辭技巧

成語 ＼ 修辭技巧	感嘆	設問	摹況	仿擬	引用	藏詞	飛白	析字	轉品	婉曲	夸飾	示現	譬喻	借代	轉化	映襯	雙關	倒反	象徵	呼告	類疊	對偶	回文	排比	層遞	頂真	鑲嵌	錯綜	倒裝	跳脫
不可思議																														
變本加厲									◎																					
名正言順																						◎								
扶搖直上																														
疊床架屋																						◎								
天經地義																						◎								
投鞭斷流									◎													◎								
圖窮匕見									◎													◎							◎	
立竿見影																						◎								
老嫗能解																														
良藥苦口		◎																												
雷霆萬鈞		◎										◎																◎		
瓜熟蒂落																						◎								
過猶不及													◎		◎															
綱舉目張																						◎							◎	
空穴來風		◎																												◎
戶限為穿																											◎		◎	
禍不單行																		◎												
豁然貫通																														
岌岌可危																				◎										
教學相長																														
錦囊妙計																						◎								
切膚之痛																											◎			
輕而易舉																														
請君入甕											◎						◎													
先發制人																														
先聲奪人									◎																					

修辭技巧＼成語	感嘆	設問	摹況	仿擬	引用	藏詞	飛白	析字	轉品	婉曲	夸飾	示現	譬喻	借代	轉化	映襯	雙關	倒反	象徵	呼告	類疊	對偶	回文	排比	層遞	頂真	鑲嵌	錯綜	倒裝	跳脫
軒然大波			◎																											
新陳代謝															◎															
陳陳相因								◎													◎									
楚材晉用																														
史無前例																														
甚囂塵上																														
殺雞取卵																					◎									
順手牽羊																														
雙管齊下														◎																
草菅人命													◎																	
一了百了																					◎	◎					◎			
一氣呵成																											◎			
一朝一夕															◎						◎	◎					◎			
一瀉千里																														
揚湯止沸								◎													◎									
殷鑒不遠																														
無懈可擊																														
微乎其微																					◎						◎			
雨後春筍								◎																						

經由以上的分析統計，歸結出關於事的成語共 46 條，使用了 12 種修辭技巧，分別是「摹況」、「轉品」、「夸飾」、「譬喻」、「借代」、「轉化」、「映襯」、「倒反」、「類疊」、「對偶」、「鑲嵌」及「倒裝」，其中使用「對偶」的成語佔 13 條（28%），為最多數；其次為「鑲嵌」8 條（17%），「轉品」7 條（15%）。至於隱喻的部分，並無發現隱喻技巧的使用。

第四節　關於物的成語的修辭技巧

　　關於物的成語使用修辭技巧的情形，同樣以「字面語詞形式的修飾」為分析的主軸，不涉及意義層面。以「欣欣向榮」為例，在「欣欣向榮」這一成語中，「欣欣」符合「同一個字、詞、語、句，或連接，或隔離，重複地使用著」（詳見本章第一節），為「類疊」技巧的使用；另「欣欣向榮」都指「草木繁榮茂盛的樣子」，為「視覺」上的描寫，是「摹況」技巧的使用。由以上可知，「欣欣向榮」兼含「類疊」及「摹寫」兩項修辭技巧。其他成語的修辭技巧使用情形，製成表格如下：

表 4-4-1　關於物的成語的修辭技巧

	感嘆	設問	摹況	仿擬	引用	藏詞	飛白	析字	轉品	婉曲	夸飾	示現	譬喻	借代	轉化	映襯	雙關	倒反	象徵	呼告	類疊	對偶	回文	排比	層遞	頂真	鑲嵌	錯綜	倒裝	跳脫
不毛之地									◎																		◎			
彈丸之地											◎	◎															◎			
小巧玲瓏																														
欣欣向榮			◎																		◎									
世外桃源					◎									◎																

　　藉由以上的分析統計，歸結出關於物的成語共 5 條，使用了 8 種修辭技巧，分別是「摹況」、「引用」、「轉品」、「夸飾」、「譬喻」、「借代」、「類疊」及「鑲嵌」，其中使用「鑲嵌」的成語佔 2 條（40%），為最多數。而在隱喻的使用上，並無出現。

　　綜合整理以上關於人、事、物的成語修辭技巧的使用情形，關於人的成語以「對偶」及「鑲嵌」兩項修辭技巧使用最多，關於事的成語以「對偶」技巧使用最多，「鑲嵌」次之，關於物的成語以

「鑲嵌」的使用為最多。由此可見，「對偶」及「鑲嵌」為三類成語使用最多的修辭技巧。成語是一種語言的藝術，它將一般抽象的意義融會於一個四字組合中，化繁為簡，展現出語言精深之美，且以四字組合來呈現，成雙成對，也展現出對比、調和、均衡的語言美學概念。在這樣的前提下，「對偶」及「鑲嵌」兩個修辭技巧，對組成四字成語並達到成雙成對的美感有極大的幫助，或許這就是成語中，以「對偶」及「鑲嵌」兩修辭技巧使用最多的原因。

　　細探成語在隱喻技巧方面的使用情形，從關於人、事、物這三類成語來看，並無發現隱喻技巧的使用，由此可知在中華文化的修辭學中所定義的隱喻技巧，似乎在成語範疇中較無功能產生，這是否表示成語與隱喻並無關聯？其實不然，隱喻，不只存在於中華文化的修辭學中，西方也有一套與中華文化截然不同的隱喻理論，在中華文化中我們無法找出成語與隱喻的連結，但倘若試著自西方隱喻理論的面向來探討成語，挖掘另一層面的隱喻事實，則可以為成語研究開拓出一個嶄新的視野。而換個角度看，成語沒有修辭學上的隱喻技巧，所代表的是它的「務實」性（而不像隱喻技巧得結合兩種事物而有「想像力的飛躍」）；而這種務實性，從西方的隱喻理論來看，則有特殊的意義，很值得再深入研究。

第五章　成語的修辭技巧中的隱喻

第一節　隱喻的重要性

　　經由上一章的討論，我們無法從中華文化下的傳統修辭學中看出隱喻與成語之間的相關性，但這並不表示隱喻與成語無關。在中華文化修辭學中，隱喻僅僅是一個修飾文句的語言技巧，然而西方學者們對於隱喻做了更深一層的探究，形成了一套隱喻理論。在西方，隱喻理論涵蓋了隱喻技巧，並延伸至認知、心理層面的探討，大為超越中華文化下傳統修辭學對隱喻所定義出的範圍，拓展了隱喻所涉及的層面。倘若是從西方隱喻理論著手探討成語的隱喻性，或許能夠發現成語中隱喻概念的使用、類型及隱喻對成語形成的功能。

　　在中華文化下傳統修辭學中，將隱喻看作是一種用於修飾話語的語言現象，因而著重在隱喻技巧使用的辨認及判斷上。對此，束定芳提出以下看法：

> 傳統修辭學注意到了喻體和本體之間相似性對構成隱喻的作用，也發現了相似性程度與隱喻效果之間的直接關係。但是傳統修辭學並不關心喻體的某些特徵是如何轉移到本體上去的。換句話說，傳統修辭學注意到意義發生轉移的現象，但它並不關心意義是如何發生轉移的，它更無

　　法解釋在隱喻出現前二者之間並不存在任何相似性的事
　　物居然也可構成隱喻，即隱喻也可創造相似性。（束定芳，
　　1998：14）

由上述可知，中華文化下的傳統修辭學對隱喻的了解，僅停留在字面上語義轉移的察覺，並無深入探討其中語義轉移的發生是如何造成，因此對傳統修辭學而言，隱喻僅是一種用來修飾、美化文句的技巧，對於隱喻的研究基本上還停留在修辭層面。

　　在西方隱喻理論中，隱喻不僅僅是一種語言技巧，更是一種認知過程的呈現。隱喻是將某一領域中的經驗用來說明或理解另一類領域中事物的一種認知活動。理查茲（Richards）曾提到，傳統隱喻最大的缺陷就是忽視了隱喻從根本上而言是一種思想之間的交流、語境之間的互相作用。人的思維是隱喻性的，它透過對比而進行，語言中的隱喻由此而來。（Richards，1936：94）隱喻的認知過程在西方的隱喻研究中已得到普遍的認同，學者們經過研究，了解到語言符號的多義性和創造性得益於隱喻在概念上的形成和使用，並提出人們在生活中時時刻刻都在使用隱喻的觀點。

　　西方隱喻理論對隱喻的認識，已不僅僅是修辭學中的一種修辭手段，而是人類將思維轉化成語言的重要手段之一，而成語的形成也是先人將思維轉化為語言的結果，由此可推測，透過西方隱喻理論可分析出成語形成的思維模式，也或許成語形成的思維模式能夠為西方隱喻理論開啟另一個新面向。在此之前，我們必須先認識西方隱喻理論的內容及發展現況。

一、隱喻的本質

隱喻在英文為「metaphor」，「metaphor」來自希臘語，其中「meta」代表「across」為「跨越」的意思，「phor」意同「carry」為「運送」的意思，因此「metaphor」隱含著隱喻涉及兩種事物，且此兩種事物間的關係為「跨越」、「運送」的單向關係。

就認知層面而言，隱喻的本質，就是使用以一個既存的概念，來認識、理解另外一個新的概念，兩個概念間必須具備相似性，透過類比，以想像方式將新舊概念連結而達到理解。這兩個不同概念間的關係，為使用舊概念來說明新概念的單向投射，理查茲（Richards）將前者稱為 vehicle，後者稱為 tenor；雷可夫&詹森（Lakoff &Johnson）稱前者為 source；後者為 target；在漢語中則分別稱為「喻體」與「本體」。隱喻實際上就是將喻體的經驗映射到本體，從而達到重新認識本體特徵的目的。

隱喻是我們概念系統的一部分，是人類基本的認知方式之一。人類概念系統中的許多概念是隱喻性的，許多我們所思考的方式、所經驗的事物和對我們的心智活動造成的影響，其實都是具隱喻性的。然而，隱喻雖然可以使我們透過從新的角度來理解事物，但它同時也可能將該事物的另外一些特徵掩蓋起來。也就是說，透過隱喻思考，我們只能了解到該事物的部分特質，其原因在於隱喻的表達只針對來源範疇（喻體）的部分特質，並不完全等同於來源範疇（喻體）所代表的整體。

語言是隱喻認知活動結果的呈現。關於語言和隱喻，束定芳提出下列說明：

> 語言中的隱喻是一種以詞或句子為焦點,以語境為框架的語
> 用現象。隱喻可以出現在不同的語言層次上。語境是確認和理
> 解隱喻的重要依據。隱喻意義是兩個類屬不同的語義場之間的
> 語義映射。隱喻最重要的語義特徵包括:矛盾性、模糊性、
> 不可窮盡性、系統性和方向性等等。(束定芳,1998:10)

由上述可知,語言中的隱喻是兩個不同語義場之間的語義映射,以
詞或句子的形式呈現,由於隱喻是由兩個不同語義場映射形成,因
此語境成為確認和理解隱喻的重要依據。對此,黃海泉也提出相同
的見解:

> 隱喻作為一種語用現象,它的識別需要語境提供線索。孤立
> 的詞嚴格意義上講不能稱為隱喻,只有在具體的語境中才能
> 判斷一個詞是否用作隱喻。隨著語境的變化,同樣一句話,
> 可以是非隱喻性話語,也可以是隱喻性話語。(黃海泉,
> 2009:122-123)

由此可知,語言是否蘊涵隱喻成分,因語境的不同而有差異。例如
同樣是「你的桃花很多」這一句話,倘若是說話者當時是在一座花
園中,那麼「你的桃花很多」這一句話便不帶有隱喻成分;倘若是
說話者當時是不在花園中,而是針對某人而言,那麼「你的桃花很
多」則帶有隱喻成分。因此,一句話中是否帶有隱喻成分,必須要
憑藉當時的語境來做判斷。束定芳提出,一般情況下,語境可分為
語言語境和非語言語境兩種。語言語境指上下文、詞語的搭配或前
後組合關係。非語言語境指交際環境和文化背景等。(束定芳,
2002:98)

　　由於隱喻是兩個不同語義場的語義映射,因此產生語義衝突的
情形,這是隱喻成立的基本條件,也是隱喻的凸出特點之一。語義

衝突也可稱為語義偏離，指的是在語言意義組合中，違反語義選擇限制或常理的現象。語義衝突可存在於句子內部，也可發生在句子與語境之間，發生在聽話者對隱喻真正含義的推斷過程中，這一理解過程涉及一個領域中的語義向另一領域轉移的過程。由於語義衝突是隱喻成立的基本條件，而衝突的產生來自於差異，這顯示了在隱喻中，本體及喻體必須是屬於不同領域的事物，而差異也成了隱喻的必要條件之一。

二、隱喻與他類修辭法的區別

如果說語義衝突是隱喻產生的基本條件，互動是隱喻意義產生的基本方式，那麼「相似性」就是這種互動過程的根據，是區別隱喻和其他相關語言現象的重要條件。以相似性為基礎的隱喻，利用事物之間人們已感受到的相似性而創造相似性的隱喻，將原來並不被認為其間存在相似性的兩個事物並置在一起，構成隱喻，從而使人們獲得對其中某一事物新的觀察角度或新的認識。可見相似性是隱喻賴以成立的基本要素。（束定芳，2002：103）

關於如何區別詞語中是否含有隱喻的使用，我們可以透過以下一些理論來判斷：

（一）張力理論

由於隱喻多是不自然、不真實或不熟悉的，因此讀者或聽者倘若是碰到使用隱喻的語句，通常會產生張力感或不自然感的反應。這樣的隱喻經過連續使用後，張力感會消失，真值增加，語句就漸漸成為可接受的常規語言。隱喻的合乎語法性和真值，決定於張力

感的消失，這是情緒效應的功能，它不受制於獨立的規則或獨立的測試。張力理論的優點，在於隱喻可傳達情緒感受、誘發激情，其手段是將隱喻的所指和認知內容作反常並列。（胡壯麟，1997：51-52）

（二）衝突理論

衝突理論認為隱喻的陳述邏輯上是虛假的，但仍可以是有意義或有見識的。由於語義上不符合邏輯，隱喻在真值上必然是虛假的（指兩個所指的某些性質之間不匹配），也只有這樣，才能在情感表達中具有意義，但卻不能因此把整個隱喻看作是虛假的。例如在「他真是隻老狐狸」這一句話中，把人陳述為動物顯然是不真實的，但就「狡猾」的意義來說，說話人表達的意義不一定是虛假的。持本理論者認為，隱喻是有意的構造虛假，透過衝突促使新的見解得以表達和理解，如果使用真實的陳述，那就不是隱喻。（胡壯麟，1997：52）

（三）變異理論

變異理論認為，隱喻之不同於類推在於語言的誤用。隱喻試圖將具有對立語義的詞，在語義上組合，因而隱喻常在語義的搭配上出錯。該理論的實施，必然是將語言世界分為按語義規則操作的常規語言世界，和有意違背語法但產生有意義結構的隱喻世界。常規語言世界和隱喻世界並非互不相干，而是有聯繫的，我們可以從隱喻長期使用後成為通常語篇的語料來證明此一觀點。（胡壯麟，1997：52）

三、西方隱喻理論的流變

　　對於西方隱喻理論的研究，曾先後出現過三種不同的學說，分別是：「比較論」、「代替論」和「互動論」，而當今所使用的則是「映射論」的觀點。以下分別介紹這四種學說內容。

　　「比較論」是最早出現的隱喻學說，代表人物是亞里斯多德（Aristotle）。亞里斯多德強調，使用隱喻須首先在「同種同類的事物」間發現「可資借喻的相似之處」，認為明喻略去說明（關係詞）就成為隱喻。（張沛，2004：11）在「比較論」之後，出現「替代論」的說法，「替代論」以古羅馬修辭學家昆體連（Quintilian）為代表，認為修辭的價值在於美化日常語言，而隱喻則是「點綴在風格上的高級飾物」。（同上，11）

　　互動論的代表人物為理查茲（Richards），他對亞里斯多德的觀點提出了質疑，認為「比較論」一味強調事物間的相似，但事實上隱喻中的「主旨」與「載體」常常因為不對等而產生「張力」，隱喻就產生於「主旨」與「載體」的「緊張」、「互動」而非「相似」（張沛，2004：11）。在互動論中，理查茲提出「互相作用」，他以「互相作用」為標準對隱喻下定義，認為要判斷某詞是否用作隱喻，可透過它是否提供了一個本體和一個喻體並共同作用產生了一種包容性意義。如果無法分辨本體和喻體，我們就可以暫時認為該詞用的是原義，如果我們分出至少兩種互相作用的意義，那我們就說它是隱喻。（Richards，1965：119）然而，理查茲雖然指出了隱喻的意義是本體和喻體之間互相作用的結果，但他並未就這種互相作用的方式和基礎進行討論。（束定芳，2002：100）

　　雷可夫（Lakoff）等人提出映射論，強調隱喻的本質是透過某事物來理解另一不同事物，而充當這一「某事物」的，究其根本乃是人類的身體經驗。換句話說，人類透過「進取諸身、遠取諸物」的「泛靈投射」來建構（概念）世界，同時這一隱喻式「體驗——認知」活動並不是隨心所欲的投射，它的輸入信息、投射特徵及類型均受到「身體機能與經驗」的極大限制。因此，意義轉換生成的場所，就從互動的話語（無論是「主旨——載體」還是「字句義——言者意）擴展到互動的物（客觀現實）我（認知主體）、思維與存在。（張沛，2004：13）

　　在映射論中，雷可夫等人提出了「domain（領域）」的概念，暗示著每個隱喻背後所涵蓋的巨大意義網路。他們使用「source domain（源域）」和「target domain（目標域）」來說明兩個領域間的互動關係及方向性，而兩個領域之間互動的方向性就是「mapping（映射）」。映射的過程是將源域的結構系統地向目標域進行單向映射，因此具有單向性及系統性的特點，而這就是雷可夫等人提出的「不變原則」。

　　根據雷可夫等人的觀點，隱喻的意義取決於源域的意義和結構特徵。在隱喻理解過程中，源域的結構被大規模地、系統地轉移到目標域中，並成為目標域結構的一部分，所以源域決定了目標域的意義。需要指出的是，所謂的「不變原則」是一個相對的概念，指的是源域中的一些重要結構關係在目標域中仍得到系統的保留，但並不意味著源域中所有特徵毫無保留地映射到目標域中。（束定芳，2002：101）

四、隱喻思維的運作

　　隱喻是一種認知策略，透過語言與思維來進行，而語言與思維具有隱喻本質。語言源自身體經驗，透過身體與客觀世界互動的經驗中，形成了人類的初始範疇和概念，然後在此基礎上透過隱喻、心理空間等機制擴展到對其他概念域的認識。（徐劍英、易明珍，2009：155）

> 語言文字本身就是「近取諸身，遠取諸物」的隱喻系統。語言就在人和宇宙萬物之間建立了最原始的關聯域。在語言中，一方面，人把自己變成世界，以人的軀體器官感覺情欲為萬物命名。另一方面，也可以說，天地萬物變成了人的軀體器官感覺與情欲的隱喻符號。人以符號的方式即是以體驗的方式把世界據為己有，把自己變成世界。（徐劍英、易明珍，2009：155-156）

　　雷可夫認為人類透過經驗的相互關係構成「有意義的概念」，也就是所謂的「自然的隱喻概念」，再藉由隱喻等想像作用，由「動物經驗」造就的人類「一般（認知）圖式」才得以昇華為理性。雷可夫又把「自然的隱喻概念」稱為「基本隱喻」，認為「基本隱喻」是人類認知抽象概念的主要方法，它們「定型」於語言，並透過「共同經驗」自動發揮認知作用。雷氏指出，「基本隱喻」一方面作為程式化語言而存在，同時也可以透過新奇化的「詩性用法」擴展自身存在。按照這一觀點，「基本隱喻」不僅是概念——語言的此岸家園，也是它們的超驗（康德意義上的）彼岸。（張沛，2004：204-205）

　　約翰遜（Johnson）更加強調了「身體經驗」在人類認知中的重要性。在他看來，人類認知活動是一種「產生於身體經驗的想像形式」，而這種體（身體經驗）驗（認知）又由「意象圖式」與「隱喻投射」結構而成。與雷可夫相同，約翰遜同樣認為隱喻是一種「理解的普遍形式」，透過投射某領域的經驗範式來系統建構另一領域的知識，隱喻充當了人類認知的主要機制之一。（張沛，2004：205）

　　隱喻的運作機制是多方面因素綜合作用的結果。隱喻就是「概念系統中的跨領域映射」，所謂「跨領域映射」也稱為「圖式的轉換」、「概念的遷徙」與「範疇的讓渡」。一切隱喻都具有相似的構造，就是「源域」、「目標域」和「依據」。在跨領域映射的過程中，涉及源和目標域這兩個不同領域之間的互相作用，在此作用中，源領域的結構關係和相關特徵，被單向映射到目標領域中同類型的結構關係及特徵中，而這一映射的結果，是兩個甚至是三個以上心理空間中概念之間的整合。這一映射和整合過程發生是以「相似性」為基礎，相似性可以是物理或心理上的相似，也可以是客觀或想像世界存在，相似性程度的不同，決定了隱喻性程度的不同。另外，隱喻的源域與目標域必須存在「差異性」，二者相差越遠，隱喻內部的「張力」就越大，也因此隱喻的運作需要「依據」來維持自身存在的合理性。「依據」有兩種類型，包括事物間的「直接類似」或人們對它具有的「共同心態」。（束定芳，2002：106；張沛，2004：9）

　　人類使用隱喻可以分為「被動」與「主動」兩種情況。「被動」使用隱喻就是人類在認知事物時，由於思維能力的限制或是語言中缺乏現成的詞語或表達方式，所以不得不用另一種事物來談論某一事物，其結果就是隱喻；「主動」使用隱喻的情況，就是使用者事實上已經認識到兩種事物之間的差別，或者語言中存在著現成的詞語或表達法，但為了更好地傳達它的意思，以獲得更好的交際效

果，而選擇使用另一種事物來談論某一事物。主動使用隱喻的原因，一方面可能因為所要認識的事物過於抽象，透過將抽象事物具體化，可以更好地理解和傳達所談論事物的特徵；另一方面可以增強話語的表達，取得更好的修辭效果。（束定芳，1998：11-12）

　　隱喻的一個重要語義特徵，為喻體與本體或語境間的語義衝突，而對隱喻的理解就是語義衝突的消失。隱喻的接受，就是一個聽者透過認知語境，將接收到的話語建立在新的語境假設上，進行關聯、選擇、推理，最終獲得隱喻含義的過程。隱喻意義的理解過程，實際上就是聽話者將隱喻中喻體的主要特徵轉移到本體上，並藉此重新認識本體。隱喻的理解可以分兩個步驟，首先是隱喻的辨認，最後是隱喻意義的推斷。隱喻的辨認有時依靠一些比較明確的信號，有時則依靠話語中語義與語境的衝突及其性質。語境在隱喻的辨認和理解過程中發揮非常重要的作用，語域、說話者特徵、語境的數量和人類知識的結構特徵，都對隱喻的辨認和隱喻意義的推斷具有決定性的影響。（束定芳，2000：253；束定芳，2002：106；黃海泉，2009：123）

　　對於隱喻的理解，有幾種特殊的情況值得注意。第一，人們可能選擇從另一個角度，與說話者原意不同甚至相反的角度來理解隱喻；第二，不同的聽話者對某一隱喻喻體的顯著特徵有不同的理解；第三，否定某一隱喻的某種理解並不一定否定隱喻本身，它可能隱含著另一種不同的理解。（束定芳，2000：256）

五、隱喻的分類

　　在隱喻概念系統中，隱喻概念和用來表達這些概念的詞語之間，存在著許多蘊涵關係，使得隱喻概念系統具有相當的系統性和

連貫性。這樣的隱喻概念，雷可夫和詹森稱作是「結構性隱喻」。結構性隱喻因所映射出的概念的不同，分為實體性隱喻、容器性隱喻及方位性隱喻。

　　人類的概念系統在很大程度上建立在「本體隱喻」的基礎上。本體隱喻可分「實體性隱喻」和「容器隱喻」。「實體性隱喻」就是透過物體和物質來理解我們的有關經驗。也就是說，把抽象的經驗，或是沒有實體的經驗，當成有實體的具體物質來看待。如此一來，我們就比較能夠以我們處理實體物的經驗，來體會這些抽象的指涉。（束定芳，2001：28；蘇以文，2005：17）例如：「女人四十一枝花」、「充滿荊棘的人生」及「烏雲密布的心」等。

　　在日常生活中，我們常把許多抽象的概念或事件、行動、活動、狀態和視覺領域等，視為是一種容器，例如：「在過程中」、「在這次的意外中」、「在這趟旅行中」、「在教室中」等，為「容器性隱喻」的運用。容器性隱喻是有其經驗基礎的，我們的身體，可以是某種容器，我們所居住的房子，也可以說是某種容器。當我們進入一個房子，或從房子裡出來，就是進入一個容器或從容器裡出來；當我們從一個房間移動到另一個房間時，就相當是從一個容器裡移動出來，進入到另外一個容器裡。我們也將某種過程視為是一個容器，正在經歷某個過程，我們就視為是存在於某一個概念性的容器中。無時無刻，我們都用容器的隱喻來看待事件、時間和過程，所以容器性的隱喻也是相當基本的一種隱喻。（束定芳，2001：29；蘇以文，2005：19-20）

　　方位性隱喻是由我們的身體出發，與我們生存的環境互動所產生的認知機制。使用諸如「上下」、「左右」、「前後」等表達空間的概念，來組織另外一種概念系統的，都為方位性隱喻的運用。方位性隱喻的方向性，並非任意決定，而是有一定的經驗基礎，而且這樣的經驗基礎，深植於我們的生理、文化和社會環境經驗之

中。使用方位性隱喻時，我們是使用空間的概念來了解其他相對來說較為抽象的概念。（束定芳，2001：28；蘇以文，2005：9-10）例如：「上流社會」、「下流胚子」、「左派份子」等。

　　經由對西方隱喻理論的認識，可發現隱喻起了在中華文化傳統修辭學中，過去從未充分認識到的重要作用。隱喻涉及兩個具差異性領域之間的相似性，這一相似性不必預先存在，也不必是客觀的存在。透過將兩個不同領域的映射，隱喻可以暗示兩領域之間存在著事先未被注意或未被發現的相似性，而這也是連結兩領域的依據。因此，隱喻可說是一種認知工具，協助人們將透過語言及思考，在原先互不相關的不同事物、概念和語言表達中，發現具相似性（依據）的鏈結點，藉由想像的聯繫，形成了新的認知，於是新的關係、新的事物、新的觀念、新的語言表達方式因而產生。

　　隱喻的使用有其深刻的現實與心理背景，而隱喻的理解同樣也是一個極其複雜的過程。每個語言都會有其自身在特定映射過程中所會著重的面向，而這反映了該語言使用者思考的習慣與文化中的特殊思維模式。因此，在每一個語言使用群中，都有某些隱喻是這個語言使用群所慣用的，而這些慣用的隱喻，通常都會有一致性。

　　四字成語為漢語中的特殊語言形式，在四字成語的背後，隱藏著一個源遠流長的典故及一個抽象的涵義，這顯示出漢語使用群特殊的思維模式。在成語領域中，典故是一個具體事件，涵義是一個抽象的觀念，而四字則是一種語言的呈現形式。由此可知，一個成語的形成，涉及了具體事件、抽象觀念及語言三種不同概念領域的連結，這符合了西方隱喻的本質，暗示了成語與隱喻的相關性，值得深入探討。

第二節　成語運用隱喻技巧的類型

　　在認識了西方隱喻理論的內容後，接下來要開始探討在西方隱喻理論下，成語是否有使用隱喻的機制及成語使用隱喻的類型。

　　西方隱喻理論的探究發展至今，以雷可夫＆詹森所提出的映射論為主要學說，因此在本次研究中，以雷可夫＆詹森所提出的映射論為西方隱喻理論的代表。映射論認為，隱喻是由兩個既具差異性又具相似性的領域──「target domain（目標域）」和「source domain（源域）」映射而形成。「目標域」就是使用隱喻所欲說明的目標物；「源域」就是用來說明目標物的事物。隱喻的形成就是源域單向映射至目標域的結果，映射並非隨意形成，在映射過程中必須存在一個明確的依據，來促使映射的合理化，而達到隱喻的效果。將隱喻的映射過程製成關係圖如下：

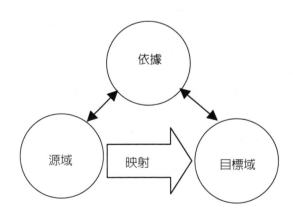

圖 5-2-1　隱喻映射過程關係圖

關於成語，在第三章有作詳細的介紹，在此不再多作敘述。成語的組成包含了「字面所呈現的四字組合形式」、「字面義」、「典故」及「衍生義」四個成分。「字面所呈現的四字組合形式」是成語的表象，也就是我們肉眼所見的成語以四個字組合而成的呈現形式，例如「圖窮匕見」為「圖」、「窮」、「匕」及「見」四個字組合來呈現；「字面義」為「字面所呈現的四字組合形式」所顯示的字義，例如「圖窮匕見」中，「圖」為「圖畫」、「窮」取「終極、盡頭」的意思、「匕」為「匕首」、「見」同「現」為「顯露、顯出」的意思，因此「圖窮匕見」的字面義為「圖畫的盡頭，匕首顯出」；「典故」為成語的來源、出處，例如「圖窮匕見」出自於《戰國策・燕策三》，典故內容為「戰國時荊軻欲刺秦始皇，藏匕首於地圖中，地圖打開至盡頭時，露出匕首」（高誘，1973：126）；「衍生義」通常來自於成語的典故，為典故所隱含的寓意，較無法從成語的字面得知，例如「圖窮匕見」的衍生義為「指事情發展到最後，形跡敗露，現出真相」。

　　構成成語的四個成分——「字面所呈現的四字組合形式」、「字面義」、「典故」及「衍生義」，我們可以將它們各自視為一個概念領域。從成語的生成角度來看，典故是成語生成的源頭，因有典故的發生，而產生出在典故中所欲傳達的寓意，也就是衍生義的部分。一個事件（典故）蘊含著一個寓意（衍生義）因受到後世的流傳使用，於是人們便從事件（典故）中擷取可作為代表的部分組合成四字形式，就成了我們現在所看到的成語字面所呈現的四字組合形式，而字面義就產生於成語字面所呈現的四字組合形式。將成語的這四個成分，依生成過程，以關係圖的方式呈現如下：

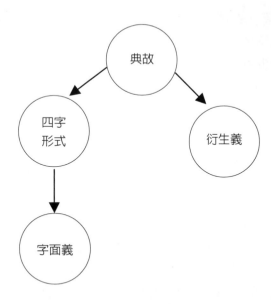

圖 5-2-2　成語生成成分概念關係圖

　　從認知的角度來分析人們理解成語的過程。人們認識成語的開
始是先看到成語字面所呈現的四字組合形式，再理解該成語的衍生
義，為了使成語字面所呈現的四字組合形式與衍生義有所連結，於
是探究出典故為二者間連結的重要依據，而字面義則純粹是人們肉
眼見到成語字面所呈現的四字組合形式後，自動解碼的結果，通常
無助於成語的理解。將成語的理解過程以關係圖呈現如下：

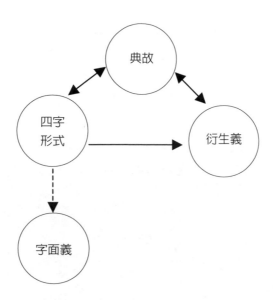

圖 5-2-3　成語理解過程關係圖（一）

從上圖可以大略看出，成語的理解主要是產生於字面所呈現的四字組合形式與衍生義的連結，而兩者之間連結的依據為典故，字面義在理解過程的關係中，並不具影響力。因此，我們在排除字面義後，關係圖的改變如下：

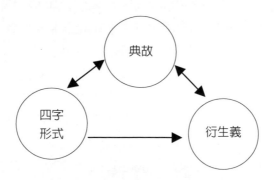

圖 5-2-4　成語理解過程關係圖（二）

　　將上圖對照隱喻的圖 5-2-1 隱喻映射過程關係圖，可發現兩關係圖架構部分相同，但上圖中由四字形式指向衍生義的箭頭僅為成語理解過程中順序上的指示，並非為映射的過程，因此在對成語的理解的部分，尚無法證明成語中隱喻機制的使用。

　　接下來，分析人們使用成語的認知過程。成語使用的發生，在當人們遇到與某成語的衍生義相關的事件時，使用該成語的字面所呈現的四字組合形式來描述、說明該事件，因此構成關係圖如下：

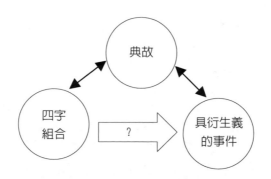

圖 5-2-5　成語使用過程關係圖

　　由上圖可發現，它的架構與圖 5-2-1 隱喻映射過程關係圖架構相同，倘若能夠說明由四字組合指向衍生義的箭頭為映射過程，則可證明出成語中隱喻機制的使用。首先，在成語中，四字組合是屬於具體的文字，而事件是一種發生於現實且與衍生義相同的抽象狀況，因此二者屬不同領域。接著在兩個的關係方面，當具衍生義的事件發生，我們使用成語中的四字組合來說明該具衍生義的事件，而該具衍生義的事件就成了被四字組合說明的目標。由此可知，成語中的「四字組合」就成了隱喻中的「源域」，「具衍生義的事件」就成了隱喻中的「目標域」，而二者之間的「依據」也就是四字組合及衍生義的來源──「典故」。至此可證明出，成語的使用為一隱喻的映射過程。

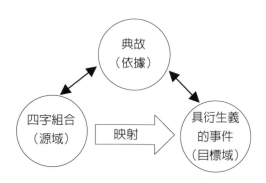

圖 5-2-6　成語使用隱喻映射關係圖

　　在證明了成語中含有隱喻的映射機制後，接下來要探討成語使用了隱喻技巧的類型。在上一章中有提到，映射論依映射過程中所使用的依據的不同，將隱喻分為三類──實體性隱喻、容器性隱喻及方位性隱喻。「實體性隱喻」指的是透過物體和物質來理解我們的有關經驗。也就是說，把抽象的經驗，或是沒有實體的經驗，當成有實體的具體物質來看待。在實體性隱喻中，實體（源域）和經驗（目標域）間的連結依據為二者「共同的特徵」，例如「女人四十一支花」，在「女人四十」與「一支花」的映射中，二者間的依據為二者共同的特徵「嬌豔美麗」。在成語的隱喻映射機制中，四字組合為具體的字，具衍生義的事件為抽象的狀況，由四字組合（源域）映射至具衍生義的事件（目標域），符合了實體性隱喻由具象映射至抽象的條件。但不同的是，在成語的隱喻映射機制中，映射的依據為「典故」。所謂典故，指的是以前所發生過的事件。也就是說，在成語的隱喻映射機制中，映射的依據為可表徵兩域的「具體的事件」，而實體性隱喻映射的依據為可表徵兩域的「抽象的特徵」。因此，成語的隱喻映射機制，並不屬於實體性隱喻。

　　「容器性隱喻」是將容器（源域）的空間概念映射到人、事或物（目標域）上，而兩域之間的依據就是抽象的空間感。「方位性隱喻」是將上下左右、東西南北等（源域）的方位概念映射到人、事或物（目標域）上，而兩域之間的依據就是抽象的方位感。容器性隱喻將源域定位在容器領域；方位性隱喻將源域定位在方位領域，對照成語的隱喻映射機制將源域定位在具體的文字領域，此可看出三者之間的差異。除此之外，容器性隱喻將依據定位在空間感；方位性隱喻將依據定位在方位感，對照成語的隱喻映射機制將依據定位在典故（事件），這也是三者間的一大不同處。由以上可知，成語的隱喻映射機制，既不屬於容器性隱喻，也不屬於方位性隱喻。

　　成語具備隱喻的映射機制，理應屬於三類隱喻技巧使用中的一類，但在分析過後，卻發現並無一類別與成語隱喻機制的屬性相同。因此，透過成語的隱喻映射機制的發現，為隱喻理論中隱喻技巧的使用開創了一個新類別。成語的隱喻映射機制屬性與容器性及方向性隱喻類似，對於源域、目標域及依據都有明確的定位，將成語字面所呈現的四字組合形式定位在源域；將具衍生義的事件定位在目標域；而兩域之間的依據定位為典故（事件）。容器性隱喻的最大特點在於以容器的空間感來隱喻他物；方位性隱喻的最大特點就是以方位感來隱喻他物，二者都是以其最大特點來命名。成語的隱喻映射機制最大的特點在於其以典故（事件）作為依據，因此可定名為「事件性隱喻」，成為西方隱喻中隱喻技巧使用的第四類。

　　因漢語成語與西方隱喻理論的結合，使得隱喻技巧使用的第四類——「事件性隱喻」誕生。但在英語中，同樣也有成語的存在，為何西方學者們沒有發現這一個隱喻技巧使用的類型？首先，隨機例舉幾條英語成語，例如「a piece of cake（極容易完成的事情或工作）」、「bring home the bacon（維持家計；獲致成功）」、「butter both sides of one's bread（左右逢源；雙份收入；同時兩面獲利）」、「butter wouldn't melt in one's mouth（道貌岸然；表面上一副忠厚老實相）」、「carrot and stick（恩威並濟）」等，從上面這些英語成語中可發現，英語成語明顯地顯示出隱喻性，且多由日常生活中的事物轉化而成，只要透過隱喻性思維就可大致理解，並不像漢語成語必須有典故為依據。由此，西方隱喻技巧使用的類別中並無「事件性隱喻」的存在可想而知。

　　中華文化體系下的漢語成語結合了西方隱喻理論，產生了「事件性隱喻」類的隱喻技巧，不僅說明了漢語成語的特別，也為西方隱喻理論提供了一個研究的新面向。

第三節　成語運用隱喻技巧的功用

　　成語運用隱喻技巧，將一個深含寓意的故事轉化為四字組合，供人使用並流傳千古，至今成語依舊是中華民族廣為使用的語言工具。成語的使用，就是在發生了具該成語衍生義的事件時，我們透過腦中「事件性隱喻」的認知機制作用，以該成語字面所呈現的四字組合形式，來表達該事件，例如我們會以「圖窮匕見」來傳達「事情發展到最後，形跡敗露，現出真相」這樣的一個狀況。反過來想想，如果我們不使腦中的隱喻機制運作，則當我們面對與上例同樣的狀況時，我們無法以「圖窮匕見」來傳達整個狀況，而改以「事情發展到最後，形跡敗露，現出真相」這樣直白的方式陳述。因此，成語可說是古聖先賢們，運用腦中的「事件性隱喻」認知機制，所創造出的特殊語言表達形式，並流傳至今，廣為使用。然而使用漢語的中華民族，何以捨棄直白易懂的表達方式，改用成語這種具隱喻性的語言形式來表達，值得我們好好探討。

　　首先，從漢語成語使用者——中華民族來分析。中華民族是一個傳統保守、重視倫理的族群，自古以來，古聖先賢們無不先後提出許多為人處世、待人接物的道理，如孔子的中心思想是「仁」，「仁」就是「恕道」，「己所不欲，勿施於人」為最具體的做法；孟子提出「五倫」，就是「父子有親、君臣有義、夫婦有別、長幼有序、朋友有信。」等，綜觀存在於中華文化中的道德倫理，說穿了就是為了達到一個目標——「和氣」，無論是待人接物、為人處世，中華民族重視和氣、不與人爭執。從文化的觀點來分析中華民族的此一民族性，中華民族為「氣化觀型文化」，所謂「氣化觀型文化」，周慶華提出說明如下：

> 氣化觀型文化的終極信仰為道（自然氣化過程），觀念系統為道德形上學（重人倫，崇自然），規範系統強調親疏、遠近，表現系統以抒情／寫實為主，行動系統講究勞心勞力分職／和諧自然。（周慶華，1997：226）

由上文可知，氣化觀型文化下的中華民族，在觀念上「重人倫」，而導致人們在行為上重視和諧自然，也因為重視人與人間和諧自然的互動，因此在溝通上勢必不可太過直接，必須加以潤飾、美化，以婉轉、委婉的語言來表達，才能使聽者或讀者感到愉悅，而達到和諧自然的目標，所以表達方式以抒情為主。身為漢語精華的成語，當然也蘊含此一文化性。在同樣的事件、狀況下，我們當然可以用較為直接、白話的方式來表達，但倘若表達的目的是在批評或點出缺點時，直白的言語常常會使聽者或讀者感到不舒服甚至是不悅而產生憤怒，衝突也因此產生；反過來，由於成語是經過潤飾、美化的語言，透過成語此一婉轉的表達方式，表達者並不會直接明白的說出本意，致使聽者或讀者必須花時間來進行事件性隱喻的映射過程，因此思考會掩蓋了情緒，而達到和諧的目的。另一方面，

成語是古聖先賢透過事件性隱喻轉化為文字，而流傳至今的人生哲學，在中華民族重人倫的觀念下，以成語作為表達的工具，更能使人們平心靜氣的接受。

其次，從成語本身來看，成語運用事件性隱喻技巧，在字面四字組合形式的背後隱藏著真正的涵義而不將其外顯，因此透過成語來傳遞訊息，訊息接受者無法馬上明確的體會到真意，必須透過自身隱喻機制的啟動來產生連結。

> 成語的特點在其精煉形象。精煉指言簡意賅，形象指有的成語能引起人的想像活動，得到情態形貌的感受。（符淮青，2003：200）

因此，透過隱喻機制的啟動，訊息接受者開始進行想像的飛躍。在想像中，訊息接受者可將文字轉化為具體的畫面，而感受到圖象美；藉由不斷的揣測而得到成語的真正涵義，來感受到語言博大精深之美；分析字面四字組合形式與典故連結而使用的修辭技巧後，體驗到語言潤飾之美；再細細品嚐將典故轉化為成語字面四字組合形式的詩性語言之美。

> 人們喜愛詩的完美的語言，因為詩的語言是凝練而典雅的，它要求字約意豐，要求既給人留下充分的想像空間，又不允許人們的思想無拘無束任意馳騁，從而予人美的感受。（周薺，2004：289-290）

美是一種抽象的感受，也是一門深奧的學問。成語以四字組合形式呈現，便是一種美的形式的呈現，再配合隱喻機制的運作，在過程中更多美的形式油然而生。因此，成語隱喻機制的運用所產生的審美性，是值得深究的部分。

第六章　成語的隱喻技巧
的藝術審美價值

第一節　成語運用隱喻技巧的藝術審美性發微

在前章提到，成語是古聖先賢運用事件性隱喻的映射思維所創，隨著時間流傳在各代間，而成語在長時間的考驗下，至今成為固定詞組，並廣為使用，終於成了中華文化中的語言精華。從成語的生成過程來看，成語蘊涵高度的文化性，因此要談成語運用隱喻技巧的藝術審美性，必須從成語自身所蘊含的文化性來探究成語運用隱喻技巧的美。

美是一種個人的主觀抽象感受，雖然它既主觀又抽象，但必定具有一個共通的「存在」才可供人感受或討論。關於「美」，姚一葦提到：

> 美都具備一定的形式，這一定形式的構成，一般稱它美的形式。由於不是一切的形式都是美的形式，而是符合某種條件的形式才是美的形式，所以對於這一美的條件的探討就屬於美學的範圍。（姚一葦，1985：380）

根據以上可知，美的存在就是美的形式，它並非任意構成，而是必須符合某種條件才能成為美的形式，因此探究如何成為美的形式的學問，就是「美學」：

> 所謂「美學的」這個詞有廣義和狹義的用法。它可以用來指稱某件藝術作品相對於它的內容的形式或構成，指涉一貫的藝術哲學，或是指整體文化的藝術向度。「美學」則是指對於上述任何一項或全部事物的研究。（布魯克，2003：3）

經由布魯克對美學的觀點，可知美學有廣義及狹義的定義，廣義的美學指的是「整體文化的藝術向度」；狹義的美學指的是「某件藝術作品相對於它的內容的形式或構成」。以布魯克的美學觀點來檢視成語，由狹義來看，成語具有四字格的特殊形式，在構成上，則是透過事件性隱喻此一特殊思維模式所構成；由廣義來看，成語為中華文化流傳千年的語言精華，當然蘊含著中華文化的整體藝術向度。由此可知，成語符合美學狹義及廣義的條件，因此成語不僅具備美的形式，也可進入到美學的討論範疇。由於成語為中華文化語言美的產物，因此接下來將從文化著手探究出成語所蘊涵的中華文化的美，再藉由世界觀進一步了解成語的形式與構成的美。

文化的詞義雖然古來眾說紛紜，但不妨把它設定為「一個歷史性的生活團體表現他們的創造力的歷程和結果的整體」（沈清松，1986：24）以此文化的定義來檢驗成語。成語為中華文化體系中，古聖先賢運用事件性隱喻（隱喻為創造力的展現）所創，並流傳千年，至今定型。因此，成語可說是中華文化體系這一歷史性的生活團體，表現創造力的歷程和結果的整體，這證明了成語確實蘊含了中華民族的文化性。然而，文化性只是抽象定義的討論，我們必須進一步具體的了解此一文化性是如何的對成語產生影響。

　　周慶華提出文化系統可據理分出「終極信仰」、「觀念系統」、「規範系統」、「表現系統」和「行動系統」等五個次系統（周慶華，2007：182），而五個次系統關係圖如下：

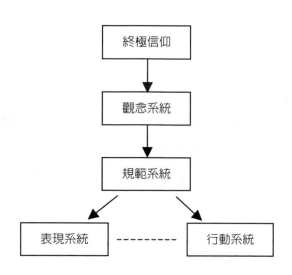

圖 6-1-1　文化次系統關係圖

資料來源：周慶華，2007：184

　　根據上圖可知，終極信仰是最優位的，它塑造出了觀念系統，而觀念系統再衍化出了規範系統；至於表現系統和行動系統，則分別上承規範系統／觀念系統／終極信仰等（表現系統和行動系統之間並無「誰承誰」的情況，但它們可以「互通」）。（周慶華，2007：185）

　　所謂「終極信仰」，是指一個歷史性的生活團體的成員，由於對人生和世界的究竟意義的終極關懷，而將自己的生命所投向的最後根基。如希伯來民族和基督教的終極信仰是投向一個有位格的造

物主,而漢民族所認定的天、天帝、天神、道、理等等也表現了漢民族的終極信仰;「觀念系統」,是指一個歷史性的生活團體的成員認識自己和世界的方式,並由此而產生一套認知體系和一套延續並發展他們的認知體系的方法,如神話、傳說以及各種程度的知識和各種哲學思想等都是屬於觀念系統;「規範系統」,是指一個歷史性的生活團體的成員,依據他們的終極信仰和自己對自身及世界的了解,而制定一套行為規範,並依據這些規範而產生一套行為模式,如倫理、道德等等;「表現系統」,是指一個歷史性的生活團體的成員,用一種感性的方式來表現他們的終極信仰、觀念系統和規範系統等,因而產生了各種文學和藝術作品;「行動系統」,是指一個歷史性的生活團體的成員對於自然和人群所採取的開發和管理的全套辦法;如自然技術(開發、控制和利用自然等的技術)和管理技術(就是社會技術或社會工程,當中包含政治、經濟和社會等三部分:政治涉及權力的構成和分配;經濟涉及生產財和消費財的製造和分配;社會涉及群體的整合、發展和變遷以及社會福利等問體)等。(周慶華,2007:183)

在文化次系統中,「表現系統」的定義提到「一個歷史性的生活團體的成員,用一種感性的方式來表現他們的終極信仰、觀念系統和規範系統」,就是美的廣義定義「整體文化的藝術向度」;而為表現終極信仰、觀念系統和規範系統所產生的文學和藝術作品,就是美的狹義定義「某件藝術作品相對於它的內容的形式或構成」。整理以上可發現,美在文化次系統中,位於表現系統的層次。

世界現存三大文化系統,分別是創造觀型文化、氣化觀型文化及緣起觀型文化。創造觀型文化的相關知識的建構,根源於建構者相信宇宙萬物受造於某一主宰(神/上帝),如一神教教義的構設和古希臘時代形上學的推演,以及近代西方擅長的科學研究等等,都是同一範疇;氣化觀型文化的相關知識的建構,根源於

建構者相信宇宙萬物為自然氣化而成，如中國傳統儒道義理的構設和衍化，正是如此；緣起觀型文化的相關知識的建構，根源於建構者相信宇宙萬物為因緣和合而成（洞悉因緣和合道理而不為所縛就是佛），如古印度佛教教義的構設和增飾，就是這樣。（周慶華，2007：185）

　　由三大文化系統來看，中華文化體系屬於氣化觀型文化。中華文化體系所以為氣化觀型文化的代表，原因在於中華文化體系傳統的世界觀是以「陰陽精氣化生宇宙萬物」為核心，而有種種相關宇宙萬物生成變化的或詳或略的說法。由於氣化的隨機集聚和不定性，自然就會從該不確定性中謀取「不確定」的權益（也就是當事人可以展現相關的企圖心，但得有人肯服氣才能遂行謀取權益的願望），而產生了「親親系統」，也就是中華民族重人倫、崇自然的觀念。也由於精氣化生成人的過程充滿著不確定性，而氣聚本身所顯現的「團夥」性也應驗在人的「群居」中，導致人得區分「親疏遠近」來保障秩序化的生活。要分親疏遠近，當然會以因男女媾精而來具有血緣關係的為準據，這樣就形成了一個以「家族」為基本單位的社會結構型態。這在同一社會結構型態中，個別人的自主性及其活動範圍就受到很大的限制，而語言這種兼有本體和方法雙重性的東西（前者指語言是人的一種生活方式；後者指人可以進一步使用語言來後設創立或議論事物），自然也就隨著定調鑄範了。換句話說，中華民族緣於氣化觀的集聚謀劃的生活型態，在先天上就沒有個別分子私自說話的餘地，一切都得「顧全」周遭家族人的感受，因此在語言表現上，偏重抒情、寫實的手法。也因為「家族」的結構型態，為了維持家族不滅，家族成員必須勞心勞力的分職，以達到諧和自然。（周慶華，2007：81-89）經由以上說明，可看出氣化觀型文化五個次系統的內容，製成關係圖如下：

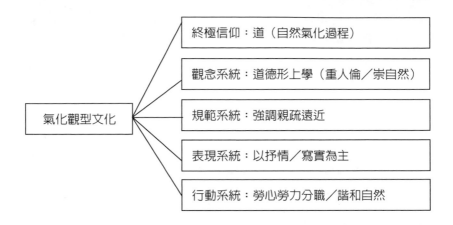

圖 6-1-2　氣化觀型文化五次系統關係圖

　　成語為中華文化的語言產物，是中華民族人民用以溝通、傳達觀念的語言媒介，因此成語屬於文化次系統中的行動系統。中華文化以「道」為終極信仰，認為人是由精氣化生而成，因此觀念系統上採行氣化觀的觀念，以重人倫、崇自然為文化規範，因此中華民族人民在行動及表現上，必須遵循由終極信仰、觀念系統到規範系統所組成的整體的中華文化觀，而成語身為中華文化的產物，自然必定蘊含著整體的中華文化觀，並受其影響。成語為中華文化中古聖先賢所創的語言工具，在氣化觀的影響下，語言的使用必須符合氣的概念——模糊、渾沌，才能達到重人倫、諧和自然，因此在模糊、渾沌、重人倫及諧和自然的考量下，成語必定不能是直白的語言，它必須藉由表現系統的轉化，來達到模糊、渾沌、重人倫及諧和自然的境界。成語是透過事件性隱喻技巧的使用，來促成字面與語義連結上的不直白、模糊及渾沌，因此事件性隱喻技巧的使用，

就屬於文化次系統中表現系統的一環，它協助位於行動系統中的成語達到由終極信仰、觀念系統到規範系統的整體中華文化觀。

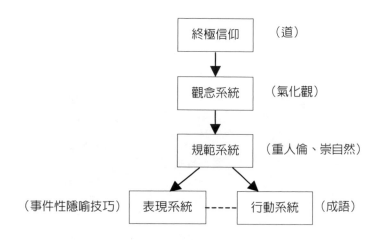

圖 6-1-3　成語在氣化觀型文化次系統中的定位

　　前面提到，美在文化次系統中屬於表現系統的範疇，而由上圖可知，成語事件性隱喻技巧的使用也屬於表現系統的範疇。因此，可歸納出成語事件性隱喻技巧的使用，為美的形式的展現，可歸入美學中來探討。

　　在探討成語使用事件性隱喻的審美性之前，必須先找出一個美學可供探討的具體架構，如此一來才有明確的方向可循。周慶華將審美性以時代作區分，提出「前現代」、「現代」、「後現代」及「網路時代」四個時期的審美特徵，「前現代」可分為「優美」、「崇高」及「悲壯」三種美感類型；「現代」可分為「滑稽」及「怪誕」兩種美感類型；「後現代」可分為「諧擬」、「拼貼」兩種美感類型；「網路時代」可分為「多向」和「互動」兩種美感類型，總共九大美感類型作為美學的對象。關係圖如下：

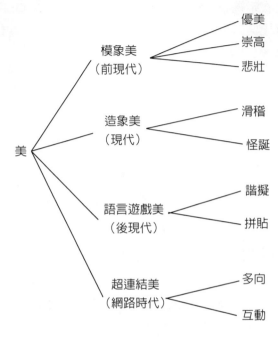

圖 6-1-4　九大美感類型關係圖

資料來源：周慶華，2007：252

　　其中「優美」，指形式的結構和諧、圓滿，可以使人產生純淨
的快感；「崇高」，指形式結構龐大、變化劇烈，可以使人的情緒振
奮高揚；「悲壯」，指形式的結構包含有正面或英雄性格的人物遭到
不應有卻又無法擺脫的失敗、死亡或痛苦，可以激起人的憐憫和恐
懼等情緒；「滑稽」，指形式的結構含有違背常理或矛盾衝突的事
物，可以引起人的喜悅和發笑；「怪誕」，指形式的結構盡是異質性
事物的並置，可以使人產生荒誕不經、光怪陸離的感覺；「諧擬」，
指形式的結構顯現出諧趣模擬的特色，讓人感覺到顛倒錯亂；「拼

貼」，指形式的結構在於表露高度拼湊異質材料的本事，讓人有如置身在「歧路花園」裡；「多向」，指形式的結構連結著文字、圖形、聲音、影像、動畫等多種媒體，可以引發人無盡的延異情思；「互動」，指形式的結構留有接受者呼應、省思和批判的空間，可以引發人參與創作的樂趣。（周慶華，2007：253）

　　將文化與審美藝術結合，可歸納出在世界三大文化中審美藝術的發展，如下圖：

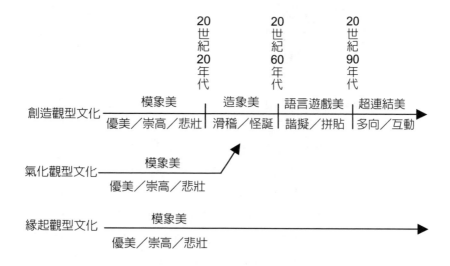

圖 6-1-5　三大文化系統美感類型關係圖

資料來源：周慶華，2007：252

　　世界現存三大文化系統所原有各自的模象表現，名稱雖然相同，內涵卻互有質的差異。創造觀型文化中的寫實主要是在模寫人／神衝突的形象的「敘事寫實」；氣化觀型文化中的寫實主要是在

模寫內感外應的形象的「抒情寫實」；緣起觀型文化中的寫實主要是在模寫種種逆緣起形象的「解離寫實」，三大文系統彼此都在模寫自己所要模寫的形象而鮮少有交集。模寫後的演變，在氣化觀型文化內的表現就幾近停頓而轉向「西方取經」，從此沒有了「自家面目」；在緣起觀型文化內的表現本來就不積極突進，也無心他顧，所以顯得「素樸」卻也還能維持一貫的格調。剩下來只有創造觀型文化內的表現在獨演「奔躍」的個別秀，並且隨著殖民征服廣泛推及世界各地。創造觀型文化中，現代派依然是西方為媲美上帝造物風采的整體氛圍所摶就的，他們普遍表現對於語言功能的信賴和形式實驗的興趣。前者表現在「真」和「美」的追求，而所謂的「真」指的是作品所烘托的世界，而不是現實世界；後者表現在對小說敘述觀點、敘述方式等的斟酌和詩歌形式美的創造。後現代派是西方為藉批判或否定前行代的作為來顯現「另一種創新」的整體氛圍所形塑的，它在形式實驗方面有更新的發展，原先作家的自覺演變成對寫作行為本身的自覺。後現代派作家的出發點在於對語言功能的不信賴，而當寫作不過是一場語言（文字）遊戲罷了，所以「反映」在作品上的，就是對傳統種種成規的質疑和排斥。到了後後現代，由於網路超連結的發達，造成大量「數位作品」的產出。「數位作品」只能在網路上存在而無法在紙本上重現，它以結合文字、聲音、圖形、影像、動畫等與讀者互動，顯現「一體表意」的特性。

　　成語使用事件性隱喻，指的是兩個具差異的異質性領域——成語字面所呈現的四字組合與具衍生義的事件，具備了源自共同典故這一相似點（也就是產生連結的依據），而使得成語字面所呈現的四字組合與具衍生義的事件這兩個異質性領域產生連結。簡單來說，就是字面所呈現的四字組合、具衍生義的事件與典故三者間的連結關係，而審美性也就在這連結關係中產生。

　　前現代中「優美」、「崇高」及「悲壯」三種美感類型，評價的依據是形式結構的部分。而成語使用事件性隱喻中，與形式結構美有關的為字面所呈現的四字組合以及字面所呈現的四字組合與典故的連結。因此，關於前現代中「優美」、「崇高」及「悲壯」三種美感類型，可以試著從成語使用事件性隱喻的這兩個部分來發掘。如「山高水長」在形式結構上對偶工整，符合「形式的結構合諧、圓滿，可以使人產生純淨的快感」，因此屬於「優美」美感類型。

　　現代中「滑稽」和「怪誕」兩種美感形式，強調的是材料的異質性所呈現出的美感。這在前現代中本就有零星的表現（只是不及現代為達創新目的而刻意「整體」上顯現罷了），而這一部分（特指前現代「近似」的部份）可在成語使用事件性隱喻中，透過字面所呈現的四字組合與具衍生義的事件此兩異質領域間的映射而產生。如用「蠢蠢欲動（像蟲子一樣扭曲著身軀欲有所行動）」來「比喻人意圖為害作亂」，具有「結構含有違背常理或矛盾衝突的事物，可以引起人的喜悅和發笑」的特色，因此為前現代帶「滑稽」美感類型。

　　後現代「諧擬」和「拼貼」兩種美感型式中，「諧擬」是指形式結構的諧趣模擬；「拼貼」是指形式的結構在於表露高度拼湊異質材料，在成語使用事件性隱喻技巧中，可透過字面所呈現的四字組合、具衍生義的事件與典故三者間的相互連結關係中探究。而這在成語中還不足以「晉級至此」。

　　最後在網路時代中，包括了「多向」及「互動」兩種美感類型，其中「多向」，指形式的結構連結著文字、圖形、聲音、影像、動畫等多種媒體，由於成語使用事件性隱喻純粹是文字與事件（意義）間的連結，並無涉及其他媒體，因此成語使用事件性隱喻並無涉及「多向」美感類型；「互動」是指形式的結構留有接受者呼應、省思和批判的空間，可以引發人參與創作的樂趣，而這在紙面的成語中更不可能有這種美感。

　　藉由以上分析可知，成語使用事件性隱喻技巧過程所產生的美
感類型，集中在前現代派模象美的優美／崇高／悲壯三類中，而有
些兼有前現代派帶滑稽／怪誕兩類的存在。成語是氣化觀型文化的
產物，氣化觀型文化中的藝術審美發展，在前現代模象美中所呈現
的是內感外應的抒情寫實，而後由於西方文化的傳入，在氣化觀型
文化內的審美藝術表現就幾近停頓而轉向「西方取經」，從此沒有
了「自家面目」。成語為中華文化（氣化觀型文化）中的古聖先賢
所創，因此在使用事件性隱喻技巧的過程所產生的美感類型，集中
在前現代模象美。

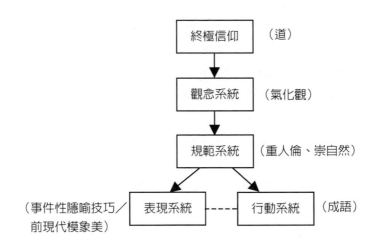

圖 6-1-6　成語運用隱喻技巧的藝術審美性在
氣化觀型文化次系統中的定位

　　因此，在氣化觀型文化下，人們為遵循重人倫、崇自然的規範，
使用成語來傳遞訊息；而在成語使用的過程中，涉及了事件性隱喻
技巧的表現，衍生出前現代模象美的審美藝術的呈現。例如使用

「山高水長」這一成語，我們必須使用事件性隱喻來將「山高水長」與「情誼或恩德深厚」作連結，透過想像而豁然開朗，產生前現代模象美「優美」的感受。

第二節　成語運用隱喻技巧的藝術審美類型

在發掘了成語使用事件性隱喻技巧過程中所產生的隱微之美後，接下來要將本研究所篩選出的成語，依周慶華所提出的美感類型來分類。

在上一節中，有對成語使用事件性隱喻技巧所產生的美感類型作分析，綜合分析結果，可發現成語運用事件性隱喻過程中所產生的美感，並非九類都有出現，而是集中在前現代模象美的優美／崇高／悲壯三類，也有少數「兼有」前現代所屬的滑稽／怪誕。以「兼有」來說明有些成語在使用事件性隱喻技巧過程中所產生的滑稽／怪誕美，原因在於滑稽／怪誕美在成語使用事件性隱喻技巧所產生的美感中，處於「次要」的地位。周慶華提到：「在模象美中偶爾也可以見到滑稽和怪誕，但總不及在造象美中所體驗到的那麼強烈和凸出」（周慶華，2007：253），也就是說，在體驗成語使用事件性隱喻技巧的過程中所產生的美感，主要還是以前現代模象美優美／崇高／悲壯三種為主，而兼有的滑稽／怪誕，由於強烈度不及前現代模象美的部分，因此居於「次要」地位，而這樣的情形也可自以下的分類過程感受到。

另外，要說明的是，雖然本次是依照周慶華所定出的美感類型來分類，而他對於各個美感類型也有作出定義，但由於定義是抽象的（因為美本來就是一個抽象的感受），而美是個人主觀的感受，

因此在分類時，我以周慶華對於各類美感類型的定義為基礎，加上我個人的主觀感受來進行分類。因此，各項美感類型分類的準則如下：（一）優美——經由字面、意義和典故的連結的過程中，透過想像產生有意義的連結，而達到「豁然開朗」的感受字面形式結構美。（二）崇高——崇高美較難直接從字面感受到，因此必須透過想像，從想像的畫面中去感受到龐大、變化劇烈及情緒的振奮高昂。（三）悲壯——指形式的結構包含有正面或英雄性格的人物遭到不應有卻又無法擺脫的失敗、死亡或痛苦，激起人的憐憫和恐懼等情緒。悲壯美有些可以直接從字面或典故中感受到，但透過想像會使感受更為深刻。

表 6-2-1　成語運用隱喻技巧的美感類型分類表

成語	美感類型	成語	美感類型
不毛之地	優美、滑稽（前現代所屬）	談虎色變	優美
不可思議	優美	頭頭是道	優美
不求甚解	優美	圖窮匕見	優美
不知所云	優美	立竿見影	優美
本末倒置	優美	老嫗能解	優美
百戰百勝	崇高	老謀深算	優美
逼上梁山	悲壯	良藥苦口	優美
變本加厲	崇高	兩面三刀	優美
匹夫之勇	悲壯	梁上君子	優美
木人石心	優美、滑稽（前現代所屬）	雷霆萬鈞	崇高
毛遂自薦	優美	樂不可支	優美
目不見睫	優美	樂不思蜀	優美
名正言順	優美	濫竽充數	優美
名列前茅	優美	瓜熟蒂落	優美
盲人瞎馬	優美、滑稽（前現代所屬）	改頭換面	優美、滑稽（前現代所屬）
明察秋毫	優美	姑妄言之	優美
扶搖直上	崇高	孤掌難鳴	悲壯
腹背受敵	優美	過猶不及	優美

成語	美感類型	成語	美感類型
大惑不解	優美	綱舉目張	優美
疊床架屋	優美	空穴來風	優美
天作之合	優美	戶限為穿	優美
天經地義	優美	河東獅吼	優美
投鞭斷流	崇高	後生可畏	優美
逃之夭夭	優美	害群之馬	優美
堂堂正正	優美	渾渾噩噩	優美
彈丸之地	滑稽	禍不單行	優美
諱莫如深	優美	助紂為虐	優美
豁然開朗	優美	張口結舌	優美
豁然貫通	優美	眾望所歸	優美
鴻鵠之志	崇高	戰戰兢兢	優美
孑然一身	悲壯	鑄成大錯	優美
岌岌可危	優美	出人頭地	優美
借花獻佛	優美	赤子之心	優美
教學相長	優美	初出茅廬	優美
進退維谷	悲壯	長袖善舞	優美
錦囊妙計	優美	春風得意	優美
矯揉造作	優美	陳陳相因	優美
舉足輕重	優美	楚材晉用	優美
舉棋不定	優美	躊躇滿志	優美
切膚之痛	悲壯	蠢蠢欲動	優美、滑稽（前現代所屬）
青梅竹馬	優美	十惡不赦	優美
群龍無首	優美	山高水長	優美
輕而易舉	優美	世外桃源	優美
請君入甕	悲壯	史無前例	優美
罄竹難書	優美	始作俑者	優美
小巧玲瓏	優美	食言而肥	優美
小時了了	優美	甚囂塵上	崇高
心不在焉	優美	殺雞取卵	優美
心心相印	優美	順手牽羊	優美
兄弟鬩牆	優美	蜀犬吠日	優美
行將就木	優美	數典忘祖	優美

成語	美感類型	成語	美感類型
先發制人	優美	雙管齊下	優美
先聲奪人	優美	人去樓空	優美
欣欣向榮	優美	孺子可教	優美
軒然大波	崇高	自以為是	優美
現身說法	優美	自投羅網	優美
虛與委蛇	優美	自相矛盾	優美
虛懷若谷	優美	自食其力	優美
想入非非	優美	自怨自艾	優美
新陳代謝	優美	坐懷不亂	優美
蕭規曹隨	優美	醉生夢死	優美
知難而退	優美	草木皆兵	優美
草菅人命	優美	亡命之徒	優美
粗茶淡飯	優美	吳下阿蒙	優美
慘綠少年	優美	玩火自焚	優美
三姑六婆	優美	為人作嫁	優美
三思而行	優美	為虎作倀	優美、滑稽（前現代所屬）
四海為家	崇高	唯唯諾諾	優美
夙興夜寐	優美	無的放矢	優美
一了百了	優美	無理取鬧	優美
一日千里	優美	無懈可擊	優美
一笑置之	優美	聞一知十	優美
一氣呵成	優美	微乎其微	優美
一朝一夕	優美	萬劫不復	優美
一鼓作氣	崇高	月下老人	優美
一瀉千里	崇高	予取予求	優美
有始無終	優美	羽毛未豐	優美
言之有物	優美	雨後春筍	優美
夜郎自大	優美	怨天尤人	優美
葉公好龍	優美	遇人不淑	優美
揚湯止沸	優美	愚公移山	崇高
殷鑒不遠	優美		

在經過分類後，由上表可看出，成語使用事件性隱喻技巧所產生的美感類型以「優美」為多數，原因在於優美所涵蓋的範圍較廣，凡是能經由「想像」而達到「豁然開朗」的快感都屬於此，然而只要是透過事件性隱喻的連結來理解成語都會讓人產生豁然開朗的感受，因此成語幾乎會有「優美」感的存在。至於有些成語被歸類在「崇高」或「悲壯」，是因為在事件性隱喻所引導的想像過程中，「崇高」及「悲壯」所呈現的畫面感較具體、凸出及強烈，蓋過了「豁然開朗」的「優美」感，因而分別歸類為「崇高」或「悲壯」。

另外，在分類結果中可發現，相較於「優美」，屬於「崇高」、「悲壯」美感類型的成語數量很少，從文化的角度來分析此一現象，在氣化觀型文化中，人是由精氣化生而成，而氣是流動的、擴散的、一團渾沌的，因此產生「豁然開朗」的感受是理所當然的、普遍存在的；反過來，「崇高」必須藉由「集中」才能達到壯闊、激昂的感受，這在氣化觀型文化中，必須透過特定的號召才會形成，因此較不具普遍性，而較少存在。同樣的由於氣的流動轉變以及諧和自然的規範，因此綜觀氣化觀型文化中的小說、戲劇等的安排，都傾向「悲轉喜」的設計（熊元義，1998：221-223；周慶華，2002：333-334），較少「一悲到底」的情況，成語同為氣化觀型文化下的產物，當然免不了遵循這樣的規範，而這就是「悲壯」美較少出現的原因。

相較於氣化觀型文化中「崇高」美及「悲壯」美的存在情形，西方創造觀型文化中「崇高」美及「悲壯」美就較為普遍存在。西方人為一神信仰，在創造觀的影響下，認為上帝是唯一的、神聖的、崇高不可侵犯的，回歸上帝為西方人所追求的理想，而上帝為崇高的象徵，因此西方人追求崇高美的普遍性可想而知；但倘若是用盡心力仍無法達到崇高的目標，反將墜落為悲觀的情結，轉而追求「悲壯」來填補無法達到崇高的失落。

　　透過對成語使用事件性隱喻所產生的藝術審美性的探討，可發現成語不止隱藏著事件性隱喻的運作，並蘊含龐大的氣化觀型文化，及在此文化背景下經由事件性隱喻的運作，所挖掘出的前現代優美／崇高／悲壯三種隱微的美感類型。透過對成語使用事件性隱喻的藝術審美性的深入探討，可讓我們更加具體明確的去想像、體會，來自中華文化的成語與來自西方的事件性隱喻，二者結合所釋放的美的力量。

第三節　成語運用隱喻技巧的藝術審美價值評估

　　漢語四字成語運用事件性隱喻技巧過程中產生的美感類型，主要以前現代優美／崇高／悲壯三類為主。從語用觀的角度來看，成語的使用目的在達到良性溝通的效果，而透過成語使用事件性隱喻技巧所產生的美感可協助達成此一目的，因此成語運用隱喻技巧所產生的美感有其存在的價值。

　　在前一節有提到，凡是能讓人經由「想像」而達到「豁然開朗」的快感，都屬於「優美」類。由於成語使用事件性隱喻技巧，必須透過連結、想像來了解成語所要表達的意義，因此成語的使用大多會產生優美感。溝通及傳達訊息時，藉由成語的使用而產生優美感，可達到舒暢情緒、溫慰人心的效果。在對人提出建議或批評的情形中，以直白的話語來陳述，通常較會引起聽話者不滿甚至是憤怒的情緒，倘若改以具有優美感的成語來表達，無形中聽話者藉由優美感的撫慰，不僅能夠降低不滿及憤怒的產生，甚至能夠達到使聽話者心悅誠服的效果。例如同樣在告誡一個自大的人，倘若是以「你什麼都不懂還這樣狂妄自大，請你要好好反省」這樣一句話來

傳達，相信聽話者不但不接受，反而可能會造成當場惱羞成怒的反效果；反過來，倘若是改以「你那夜郎自大的行為，請你要好好反省」這一句話來傳達，由於聽話者在接收到訊息後，必須進行隱喻的映射及理解的過程，因此在這一運作的過程中，透過自行思考而延緩了情緒的產生，降低了憤怒及不滿的情緒，因理解而產生豁然開朗的感受，達到良性溝通的目標，這就是成語優美感存在的價值。

相較於優美感的豁然開朗，崇高感及悲壯感屬於較深層的感受，會產生情緒的波動。在上一節中提到，崇高美較難直接從字面感受到，因此必須透過想像，從想像的畫面中去感受到龐大、變化劇烈及情緒的振奮高昂，因此透過崇高感，可使人志意振奮、仰望嚮往；悲壯感有些可以直接從字面或典故中感受到，但透過想像會使感受更為深刻。它是指形式的結構包含有正面或英雄性格的人物遭到不應有卻又無法擺脫的失敗、死亡或痛苦，激起人的憐憫和恐懼等情緒，因此透過悲壯感，可使人產生驚懼戒惕，避免陷落。

現代人為求經濟富足而天天處於忙碌的狀態，加上生活在民主的時代，講求民主、法治、平等及自由，人民的不滿可透過集會遊行、投書等管道傳達給政府官員，已無須像古代需要透過激烈的戰爭或是壯烈的犧牲來進行，因此現代人較難直接自生活中感受到崇高感及悲壯感。成語來自古代，在其簡短的四個字中，蘊含著古聖先賢們壯烈的事蹟及激昂的感受，因此我們可以藉由成語的使用，使聽話者透過想像而心有所感。例如「他每次演講比賽都得到冠軍，真是厲害」與「說到演講比賽，他百戰百勝，真是厲害」這兩句話，後者可以很具體的讓聽話者感受到，當事人每次都是經歷一翻奮戰而且每次獲得最後勝利，使聽話者能夠從話語所編織出的畫面中，產生志意振奮、仰望嚮往的崇高感。又如「他為了保住工作養家活口，被老闆強迫去做他不想做的事情，真是可憐」與「他為

了保住工作養家活口而被逼上梁山，真是可憐」這兩句話，後者更能凸顯出當事者被逼迫的無奈與痛苦，使聽話者透過想像而產生憐憫同情的情緒，感受到悲壯感。

　　經過上述對美感價值的討論後，更凸顯出成語使用事件性隱喻技巧，對我們在傳遞訊息上，具有不可或缺的功能，除此之外，更讓人舒暢情緒、溫慰人心；志意振奮、仰望嚮往；驚懼戒惕，避免陷落，由此證明了成語使用事件性隱喻技巧的不可取代性。為了使成語這一個語言工具能夠永流傳，必須讓成語使用事件性隱喻的概念廣被了解與運用，來幫助孩子們認識成語並正確運用成語，進而感受到成語之美。

第七章　成語的隱喻藝術在語文教學上的應用途徑

第一節　在閱讀教學上的應用途徑

在這一章中，將設計閱讀、說話及寫作三種課程，引導學生透過事件性隱喻技巧的概念來認識成語，以便為成語的隱喻藝術在語文教學上的應用途徑略作發端。我將這三種課程設計為一系列認識成語的課程，也就是說，此一系列課程具順序性，必須先上閱讀課程，接著進行說話課程，最後才是寫作課程。

首先，閱讀課程是以知識性課程的方向進行，教學目標是要帶領學生透過事件性隱喻來認識成語的形成過程，課程內容設計如下：

表 7-1-1　成語的隱喻藝術在閱讀教學上的應用途徑教學活動設計

教學名稱	成語的誕生	教學對象	國小高年級
設計者	王韻雅	教學時間	40 分鐘
教材來源	許鐘榮（1987），《中國成語故事精選（一）～（五）》，臺北：圖文		
教學資源	故事──〈自相矛盾〉		
教學目標	單元目標		具體目標
	一、認知方面 一-1 使學生能認識成語背後所蘊含的故事。		一-1-1 學生能正確朗讀文章內容。

教學內容	時間	分段能力指標	十大基本能力	評量方式
		一-1-2 學生能依據文章內容回答教師所提出的問題。		
二、情意方面 二-1 使學生能理解成語故事所蘊含的寓意。		二-1-1 學生能說出〈自相矛盾〉的寓意。		
三、技能方面 三-1 使學生能分析出成語的形成過程。		三-1-1 學生能說出成語字面四字組合的形成方式。 三-1-2 學生能說出成語衍生義的形成方式。		

教學內容	時間	分段能力指標	十大基本能力	評量方式
壹、準備活動 一、教師 　1.準備課程教材：故事——〈自相矛盾〉、學習單——〈成語的誕生〉。 二、學生 　1.課前預習：觀察、分析成語，找出成語的特色。 貳、發展活動 一、引起動機：討論成語的特色 T：昨天的作業是觀察成語找出成語的特色，請問你們有沒有發現成語有哪些特別的地方？ S：成語都是四個字。 S：成語的意思和四個字的意思好像不太一樣。 S：成語有故事。	5		四、表達、溝通與分享	口頭回答

T：剛剛同學們提到的成語特色，包括由四個字組成、四個字的意思和成語的意思不大一樣、成語有故事，你們覺得這三個特色彼此有沒有關係？ S：可能有。 T：現在我們就來看看成與的這三個特色間到底有什麼關係。			
二、活動一：閱讀及朗讀成語故事——〈自相矛盾〉 T：現在請大家閱讀老師發下的〈自相矛盾〉這一篇故事。 S：（閱讀故事內容） T：現在請大家朗讀故事一次。 S：（朗讀故事）	5	5-3-2 能調整讀書方法，提升閱讀的速度和效能。	朗讀課文
三、活動二：討論成語故事—〈自相毛盾〉 T：故事的主角是誰？ S：一個賣兵器的人。 T：這一個賣兵器的人在市場上買什麼東西？ S：矛和盾。 T：什麼是矛？ S：古代作戰時用來攻擊敵人的尖銳武器。 T：什麼是盾？ S：古代作戰時用來防衛攻擊性武器、保護自己的武器。 T：這個賣兵器的人向人誇口說他的盾怎麼樣？	20	5-3-5 能運用不同的閱讀策略，增進閱讀的能力。 5-3-8 能共同討論閱讀的內容，並分享心得。 5-3-10 能思考並體會文章中解決問題的過程。	四、表達、溝通與分享 十、獨立思考與解決問題	口頭回答

189

S：我的盾堅固無比，世上任何鋒利的東西都無法刺穿它。			
T：這個賣兵器的人又向人誇口說他的矛怎麼樣？			
S：我這支矛鋒利無比，無論怎樣堅硬的盾，都能戳穿！			
T：然後在人群中有人問賣兵器的人什麼問題？			
S：如果拿你的矛去刺你的盾，會是什麼結果？			
T：為什麼那一個人會問賣兵器的人這個問題？			
S：因為他說沒有矛可以刺穿他的盾，又說他的矛可以刺穿所有的盾。			
T：所以事實上賣兵器的人說的話是真的嗎？			
S：不是。			
T：因為這一個賣兵器的人說的話是不是互相衝突了，讓我們不知道哪一句才是真的？			
S：對。			
T：所以這一個故事在告訴我們賣兵器的人怎麼了？			
S：他說的話互相衝突了。			
T：那在這個故事中，主要是在說哪兩的東西？			
S：矛和盾			
T：好的，這個故事就是成語「自相矛盾」的故事，你有發現成語「自相矛盾」中的「矛」和「盾」就是形成故事的重要成			

分，那你知道「自」代表的是故事裡的誰？ S：賣兵器的人。 T：沒錯，「自」就是代表賣兵器的人自己。我們的古人很聰明，他們把故事中的主要成分拿出來組成「自相矛盾」這四個字，用來代表這個故事，而自相矛盾的意思就是這個故事中告訴我們的「說話的人讓自己說的話互相衝突了」這個觀念。這就是成語形成的過程。 參、綜合活動 教師總結成語的形成過程，學生填寫學習單──〈成語的誕生〉 T：現在我們一起來看學習單。請唸第一題題目。 S：（成語是從哪裡產生？） T：剛剛我們討論到「自相矛盾」這個成語是從哪裡產生的？ S：故事。 T：是的，成語就是從故事也可以說是一件事情所產生的。請你在第一題寫下答案。 T：接下來請唸第二題。 S：（成語所呈現的四個字跟事件或故事的關係是什麼？） T：好的，大家一起告訴老師，從剛剛「自相矛盾」這個成語和成語的故事可以知道，「自相	10	十、獨立思考與解決問題	填寫學習單

191

矛盾」這四個字就是故事的什麼？ S：主要成分。 T：很好，所以成語的四個字就是成語故事中的主要成分。請你將第二題的答案寫上去。 T：請唸第三題。 S：（成語所代表的意義和事件或故事的關係又是什麼？） T：同樣的從剛剛的「自相矛盾」我們討論出，成語所代表的意義從那裡來？ S：故事內容所要告訴我們的觀念。 T：很好，成語的意義來自於故事或事件的重點。請寫下來。 T：接下來唸第四題。 S：（成語所呈現的四個字和成語的意義是不是來自於同一個事件或故事？） T：答案是？ S：是。 T：現在請你完成下面的小測驗。			

　　在這一堂課中，教師透過閱讀故事及師生討論的方式，藉由事件性隱喻概念的運作，引導學生認識成語的形成。須注意的是，由於事件性隱喻是一個抽象的、專業的概念，礙於高年級學生的學習發展尚無法達到理解，因此教師無須特地說明，只需要課程中自行運作，以發揮潛移默化的效果。

第二節　在說話教學上的應用途徑

　　第二堂課要進行的是說話課程。在這一堂課中，將以實作性課程的方向進行。教師先帶領學生複習上一堂課所建立的成語形成過程的概念，接著讓學生透過小組討論進行實作，最後上臺發表小組實作的成果。教學目標是要讓學生藉由實作使上一課所學得的概念更加明確，教師也可從學生的發表中了解學生的概念是否正確。課程內容設計如下：

表 7-2-1　成語的隱喻藝術在說話教學上的應用途徑教學活動設計

教學名稱	看故事找成語	教學對象	國小高年級
設計者	王韻雅	教學時間	40 分鐘
教材來源	許鐘榮（**1987**），《中國成語故事精選（一）～（五）》，臺北：圖文		
教學資源	故事——〈愚公移山〉、〈夜郎自大〉、〈樂不思蜀〉、〈毛遂自薦〉。		
教學目標	單元目標	具體目標	
	一、認知方面 一-1 使學生能認識成語的形成過程。	一-1-1 學生能說出成語從何產生。 一-1-2 學生能說出成語的四字組合來自事件或故事的主要成分。 一-1-3 學生能說出成語的意義來自事件或故事所要傳達的寓意。	
	二、情意方面 二-1 使學生能理解成語故事所蘊含的寓意。	二-1-1 學生能說出〈愚公移山〉、〈夜郎自大〉、〈樂不思蜀〉、〈毛遂自薦〉的寓意。	

教學內容	時間	分段能力指標	十大基本能力	評量方式
三、技能方面 三-1 使學生能從故事中分析出該故事所代表的成語及成語的意義。		三-1-1 學生能依據故事內容說出故事所代表的成語。 三-1-2 學生能依據故事內容說出故事所代表的成語的意義。		

教學內容	時間	分段能力指標	十大基本能力	評量方式
壹、準備活動 一、教師 　1.準備課程教材：故事──〈愚公移山〉、〈夜郎自大〉、〈樂不思蜀〉、〈毛遂自薦〉。 　2.安排小組討論座位。 二、學生 　1.課前複習上一堂課所教的內容 貳、發展活動 一、引起動機：複習成語的形成過程 T：上一堂課我們討論出了成語的形成過程。請問成語是從哪裡產生的呢？ S：事件或故事。 T：那成語所呈現出的四個字是怎麼來的？ S：事件或故事中的主要成分。 T：成語所代表的意思又是怎麼來的？ S：事件或故事內容所要告訴我們的觀念。	5			口頭回答

二、活動一：小組討論 T：這一堂課老師要請大家練習看 　　故事找成語。老師準備了四篇 　　不同的故事，各組負責一篇， 　　請各組依照成語產生的過程， 　　討論出你所負責的那一篇故事 　　是在說哪一個成語，以及那一 　　個成語所代表的意義是什麼。 　　討論時間 10 分鐘。10 分鐘後 　　請各組派人上臺報告。	15	5-3-8 能共同討 論閱讀的內容， 並分享心得。 5-3-10 能思考並 體會文章中解決 問題的過程 3-3-1 能充分表 達意見。	四、表達、溝 　　通與分享 十、獨立思考 　　與解決問 　　題	小組 討論
參、綜合活動 各組發表討論的結果。 T：時間到囉！現在我們要請各組 　　派代表上臺發表你們討論的結 　　果。在公佈你們所討論出來的 　　答案前，別忘了要先說明故事 　　大概的內容喔。	20	3-3-2 能合適的 表現語言。 3-3-3 能表現良 好的言談。 3-3-4 能把握說 話重點，充分溝 通。	四、表達、溝 　　通與分享	上臺 發表

　　由於這一堂課的設計是要幫助學生鞏固上一堂課所學的概念，以及讓教師可以明確的了解學生的學習情形，因此在每一小組的發表結束後，教師應給予適當的鼓勵，並對於學生錯誤的概念加以導正，幫助學生建立正確的概念架構。

第三節　在寫作教學上的應用途徑

　　第三堂課要進行的是寫作課程。在這一堂課中，將以創作性課程的方向進行。前半節課由教師帶領學生進行共同，後半節課再讓學生自行創作。教學目標是要讓學生利用所習得的成語形成的概念，自行創作成語。課程內容設計如下：

表 7-3-1　成語的隱喻藝術在寫作教學上的應用途徑教學活動設計

教學名稱	我是成語發明家	教學對象	國小高年級
設計者	王韻雅	教學時間	40 分鐘
教材來源	許鐘榮（1987），《中國成語故事精選（一）～（五）》，臺北：圖文		
教學資源	圖畫紙、事件或故事一則——陳樹菊愛心捐款事件		
教學目標	單元目標	具體目標	
	一、認知方面 一-1 使學生能認識成語的形成過程。	一-1-1 學生能說出成語從何產生。 一-1-2 學生能說出成語的四字組合來自事件或故事的主要成分。 一-1-3 學生能說出成語的意義來自事件或故事所要傳達的寓意。	
	二、情意方面 二-1 使學生能定義自行創作成語的故事所欲傳達的寓意。	二-1-1 學生能寫下自行創作成語的意義。	
	三、技能方面 三-1 使學生能利用成語形成過程的概念自行創作成語。	三-1-1 學生能依據故事內容寫出自行創造的成語。 三-1-2 學生能依據故事內容寫出自行創造的成語的意義。	

教學內容	時間	分段能力指標	十大基本能力	評量方式
壹、準備活動 一、教師 　1.準備課程教材：圖畫紙。 　2.安排小組討論座位。 二、學生 　1.課前複習上一堂課所教的內容 　2.找或想一個可以作為自行創作 　　成語的事件或故事。 貳、發展活動 一、引起動機：說明課程內容、複習 　　成語的形成過程 T：這一堂課我們要來發明成語，你 　　們要先和老師一起發明一個成 　　語，接著再每人發明一個成語。 　　請大家一起告訴老師，我們要發 　　明成語要先知道這一個成語的什 　　麼。 S：事件或故事。 T：找到或想到事件或故事以後，接 　　下來要怎麼創造出成語所呈現的 　　四個字？ S：從事件或故事中的主要成分。 T：那我們又要怎麼找出成語所代表 　　的意思？ S：從事件或故事內容所要告訴我們 　　的觀念。	 5			 口頭 回答

二、活動一：師生共同創作	15	3-3-1 能充分表達意見。	四、表達、溝通與分享	口頭回答
T：最近新聞報導有提到台東有一個賣菜的奶奶的愛心捐款事件，你知道那位很有愛心的奶奶的名字嗎？				
S：陳樹菊。				
T：那你們知道陳樹菊奶奶的愛心事件嗎？				
S：他捐錢幫助別人。				
T：對，陳樹菊奶奶是一個在菜市場裡賣菜的小販，她賣菜所賺的錢並不多，但是她省吃儉用不浪費，因此她存了許多錢，並把錢捐給國小蓋圖書館、設立獎學金、認養孤兒等等，幫助那些需要幫助的人。你們覺得陳樹菊奶奶的愛心事件在告訴你什麼觀念？				
S：陳樹菊奶奶很偉大。				
T：為什麼陳樹菊奶奶很偉大。				
S：因為雖然她賺的錢不多，但是她還是捐錢幫助需要幫助的人。				
T：是的，陳樹菊奶奶的事情告訴我們，不管你是誰，只要你願意，你就有能力去幫助別人。好的，現在請問你覺得這個事件的主要成分是什麼？				
S：陳樹菊。				
S：愛心。				
S：幫助別人。				
T：現在請大家為這個事件創造四個字作為成語。				

S：樹菊之愛。 T：很好，所以我們今天創造的「樹菊之愛」代表的意義是什麼？ S：不管你是誰，只要你願意，你就有能力去幫助別人。				
參、綜合活動 各組發表討論的結果。 T：接下來老師要請你們自己創作成語，等一下老師會一人發一張圖畫紙，請你在圖畫紙上寫下你所創造的成語、成語所代表的意義及成語的事件或故事的大意，寫完後，請你為你的作品畫上插圖。	20	6-3-1 能正確流暢的遣詞造句、安排段落、組織成篇。 6-3-3 能培養觀察與思考的寫作習慣。 6-3-4 能練習不同表述方式的寫作。 6-3-8 能發揮想像力，嘗試創作，並欣賞自己的作品。	二、欣賞、表現與創新	自行創作

　　這一堂課的設計，目的是想藉由自行創作，使學生產生認識並使用成語的興趣，因此教師可將學生作品展示，來促進目的的達成。

第八章　結論

第一節　要點的回顧

　　在這一次的研究中，以「漢語四字成語」及「西方隱喻理論」二者為研究對象，除了分別對二者作深入的分析，更試圖將分屬於中、西方語言精華的漢語四字成語及西方隱喻理論結合，探討二者之間是否具有關聯，以及二者結合所產生的藝術審美性，並將研究結果設計成一套包含讀、說、寫的國語文課程，作為研究成果應用到實際教學上的參考。

　　漢語四字成語自先秦時期塑型，經過時間的考驗及粹煉，流傳至今而定型。在這一段從塑型到定型的過程中，憑藉著社會習用性，將成語以口耳相傳的方式廣為散布、流傳，在長時間的檢驗下使成語自然定型。因此，在這樣一個自然形成的過程中，並無一套固定、客觀的成語性質規範存在。現今所存在的成語性質規範，乃是學者們的個人見解，所以才會產生各家說詞不盡相同的現象。有鑑於此，基於本研究所須，我綜合了學者們的見解加上個人的看法，自行訂定了一個適合本研究的成語規範：（一）在語言的分類方面，成語為熟語的一類；（二）在來源方面：成語有出處可追溯，其出處大致涵蓋古代的權威著作、神話傳說、寓言故事、詩文語句及諺語等；（三）在結構形式方面，成語為四字格的固定詞組；（四）在內容涵義方面，成語屬書面語，含有古樸、典雅的語素，具意義

雙層性，有些單純可從字面看出意義，有些則必須從其來源或典故中理解其衍生義。需要加以說明的是，由於本研究所要探討的重點在成語的隱喻部分，而隱喻部分的探討以衍生義為主軸，基於此一研究重點的考量，因此必須將本研究中成語在語義的範圍，縮小為須有衍生義才可歸入成語範圍中。

由於本研究的目的除了希望能夠建構出一套關於成語與隱喻的連結及所產生的審美藝術的理論外，更重要的是期待能將研究成果發揮在語文教育上。有鑑於此，在成語材料來源的選擇上必須多加考量到大眾使用上的便利性，倘若能以大眾多能便利又共同使用的成語典來作為本研究的成語材料來源，相信必能大大增加本研究成果的價值。因此，本研究以教育部所架設的《成語典（網路版）》作為本研究成語材料的來源。《成語典（網路版）》中共五千多條成語，依本研究對於成語所訂定的選材標準，經過篩選後，共有 163條成語符合本研究的成語性質，並進一步將此 163 條成語分為人、事、物三類進行探討。

綜合整理人、事、物的成語在中華文化傳統修辭技巧的使用情形，以「對偶」及「鑲嵌」為三類成語使用最多的修辭技巧，但並無發現隱喻技巧的使用。由此可知，在中華文化的修辭學中所定義的隱喻技巧，似乎在成語範疇中較無功能產生。然而，隱喻不只存在於中華文化的修辭學中，西方也有一套與中華文化截然不同的隱喻理論。在中華文化中我們無法找出成語與隱喻的連結，倘若試著自西方隱喻理論的面向來探討成語，挖掘另一層面的隱喻事實，則可以為成語研究開拓出一個嶄新的面向。而換個角度看，成語沒有修辭學上的隱喻技巧，所代表的是它的「務實」性（而不像隱喻技巧得結合兩種事物而有「想像力的飛躍」）；而這種務實性，從西方的隱喻理論來看，則有特殊的意義，很值得再深入研究。

　　在西方隱喻理論中，隱喻不僅僅是一種語言技巧，更是一種認知過程的呈現。就認知層面而言，隱喻的本質就是使用以一個既存的概念，來認識、理解另外一個新的概念，兩個概念間必須具備相似性，透過類比，以想像方式將新舊概念連結而達到理解。這兩個不同概念間的關係，為使用舊概念來說明新概念的單向投射，理查茲將前者稱為 vehicle，後者稱為 tenor；雷可夫&詹森稱前者為 source；後者為 target；在漢語中則分別稱為「喻體」與「本體」。隱喻實際上就是將喻體的經驗映射到本體，從而達到重新認識本體特徵的目的。然而，隱喻雖然可以使我們透過從新的角度來理解事物，但它同時也可能將該事物的另外一些特徵掩蓋起來。也就是說，透過隱喻思考，我們只能了解到該事物的部分特質，其原因在於隱喻的表達只針對來源範疇（喻體）的部分特質，並不完全等同於來源範疇（喻體）所代表的整體。

　　由於隱喻是兩個不同語義場的語義映射，因此產生語義衝突的情形，這是隱喻成立的基本條件，也是隱喻的凸出特點之一。然而，衝突的產生來自於差異，這顯示了在隱喻中，本體及喻體必須是屬於不同領域的事物，而差異也成了隱喻的必要條件之一。語義衝突是隱喻產生的基本條件，互動是隱喻意義產生的基本方式，那麼「相似性」就是這種互動過程的根據，是區別隱喻和其他相關語言現象的重要條件。以相似性為基礎的隱喻，利用事物之間人們已感受到的相似性而創造相似性的隱喻，將原來並不被認為其間存在相似性的兩個事物並置在一起，構成隱喻，從而使人們獲得對其中某一事物新的觀察角度或新的認識。可見相似性是隱喻賴以成立的基本要素。

　　西方隱喻理論發展至今，以雷可夫&詹森所提出的映射論為主要學說，因此在本研究中，以雷可夫&詹森所提出的映射論為西方隱喻理論的代表。映射論認為，隱喻是由兩個既具差異性又具相似性的領域——「target domain（目標域）」和「source domain（源

域）」映射而形成。「目標域」就是使用隱喻所欲說明的目標物；「源域」就是用來說明目標物的事物。隱喻的形成就是源域單向映射至目標域的結果，映射並非隨意形成，在映射過程中必須存在一個明確的依據，來促使映射合理化，而達到隱喻的效果。在隱喻概念系統中，隱喻概念和用來表達這些概念的詞語之間，存在著許多蘊涵關係，使得隱喻概念系統具有相當的系統性和連貫性。這樣的隱喻概念，雷可夫和詹森稱作是「結構性隱喻」。結構性隱喻因所映射出的概念的不同，分為實體性隱喻、容器性隱喻及方位性隱喻。

　　構成成語的四個成分──「字面所呈現的四字組合形式」、「字面義」、「典故」及「衍生義」，我們可以將它們各自視為一個概念領域。從成語的生成角度來看，典故是成語生成的源頭，因有典故的發生，而產生出在典故中所欲傳達的寓意，也就是衍生義的部分。一個事件（典故）蘊含著一個寓意（衍生義）因受到後世的流傳使用，於是人們便從事件（典故）中擷取可作為代表的部分組合成四字形式，就成了我們現在所看到的成語字面所呈現的四字組合形式，而字面義就產生於成語字面所呈現的四字組合形式。

　　在成語中，四字組合是屬於具體的文字，而事件是一種發生於現實且與衍生義相同的抽象狀況，因此二者屬不同領域。接著在兩個的關係方面，當具衍生義的事件發生，我們使用成語中的四字組合來說明該具衍生義的事件，而該具衍生義的事件就成了被四字組合說明的目標。由此可知，成語中的「四字組合」就成了隱喻中的「源域」，「具衍生義的事件」就成了隱喻中的「目標域」，而二者之間的「依據」也就是四字組合及衍生義的來源──「典故」。至此可證明，成語的使用為一隱喻的映射過程。

　　成語具備隱喻的映射機制，理應屬於三類隱喻技巧使用中的一類，但在分析過後，卻發現並無一類別與成語隱喻機制的屬性相同。因此，透過成語的隱喻映射機制的發現，為隱喻理論中隱喻技

巧的使用開創了一個新類別。成語的隱喻映射機制屬性與容器性及方向性隱喻類似，對於源域、目標域及依據都有明確的定位，將成語字面所呈現的四字組合形式定位在源域；將具衍生義的事件定位在目標域；而兩域之間的依據定位為典故（事件）。容器性隱喻的最大特點在於以容器的空間感來隱喻他物；方位性隱喻的最大特點就是以方位感來隱喻他物，二者都是以其最大特點來命名。成語的隱喻映射機制最大的特點在於其以典故（事件）作為依據，因此可定名為「事件性隱喻」，成為西方隱喻中隱喻技巧使用的第四類。中華文化體系下的漢語成語結合了西方隱喻理論，產生了「事件性隱喻」類的隱喻技巧，不僅說明了漢語成語的特別，也為西方隱喻理論提供了一個研究的新面向。

　　氣化觀型文化下的中華民族，在觀念上「重人倫」，而導致人們在行為上重視和諧自然，也因為重視人與人間和諧自然的互動，因此在溝通上勢必不可太過直接，必須加以潤飾、美化，以婉轉、委婉的語言來表達，才能使聽者或讀者感到愉悅，而達到和諧自然的目標，所以表達方式以抒情為主。身為漢語精華的成語，當然也蘊含此一文化性。成語是經過潤飾、美化的語言，透過成語此一宛轉的表達方式，表達者並不會直接明白的說出本意，致使聽者或讀者必須花時間來進行事件性隱喻的映射過程，因此思考會掩蓋了情緒，而達到和諧的目的。另一方面，成語是古聖先賢透過事件性隱喻轉化為文字，而流傳至今的人生哲學，在中華民族重人倫的觀念下，以成語作為表達的工具，更能使人們平心靜氣的接受。

　　從成語本身來看，成語運用事件性隱喻技巧，在字面四字組合形式的背後隱藏著真正的涵義而不將其外顯，因此透過成語來傳遞訊息，訊息接受者無法馬上明確的體會到真意，必須透過自身隱喻機制的啟動來產生連結。因此，透過隱喻機制的啟動，訊息接受者開始進行想像的飛躍。在想像中，訊息接受者可將文字轉化為具體

的畫面，而感受到圖象美；藉由不斷地揣測而得到成語的真正涵義，來感受到語言博大精深之美；分析字面四字組合形式與典故連結而使用的修辭技巧後，體驗到語言潤飾之美；再細細品嘗將典故轉化為成語字面四字組合形式的詩性語言之美。

成語使用事件性隱喻技巧過程所產生的美感類型，集中在前現代派模象美的優美／崇高／悲壯三類中，而有些兼有非現代派造象美式的滑稽／怪誕兩類的存在。成語是氣化觀型文化的產物，氣化觀型文化中的藝術審美發展，在前現代模象美中所呈現的是內感外應的抒情寫實；而後由於西方文化的傳入，在氣化觀型文化內的審美藝術表現就幾近停頓而轉向「西方取經」，從此沒有了「自家面目」。成語為中華文化（氣化觀型文化）中的古聖先賢所創，因此在使用事件性隱喻技巧的過程所產生的美感類型，集中在前現代模象美。

在經過分析統計後，本研究中的成語，使用事件性隱喻技巧所產生的美感類型以「優美」為多數，原因在於優美所涵蓋的範圍較廣，凡是能經由「想像」而達到「豁然開朗」的快感都屬於此。然而，只要是透過事件性隱喻的連結來理解成語都會讓人產生豁然開朗的感受，因此成語幾乎會有「優美」感的存在。相較於「優美」，屬於「崇高」、「悲壯」美感類型的成語數量很少。由於「崇高」必須藉由「集中」才能達到壯闊、激昂的感受，這在氣化觀型文化中，必須透過特定的號召才會形成，因此較不具普遍性，而較少存在。至於「悲壯」的部分，綜觀氣化觀型文化中的小說，較少「一悲到底」的情況，成語同為氣化觀型文化下的產物，當然免不了遵循這樣的規範，而這就是「悲壯」美較少出現的原因。成語使用事件性隱喻技巧所產生的美感類型各有其價值，「優美」感可讓人舒暢情緒，達到溫慰人心的效果；「崇高」感可使志意振奮，令人仰望嚮往；「悲壯」感可使人產生驚懼戒惕，避免陷落。

　　本研究將研究結果試為提供實際運用在教學的途徑，以供同行
參考，因此在最後分別設計了關於成語教學的讀、說、寫課程。雖
然分為讀、說、寫三種課程，但實際上此三種課程為一套具順序性
及連貫性的課程，以提供教學現場的教師，作為整體性成語教學的
參考。

第二節　未來研究的展望

　　本研究主要在探討「漢語四字成語」及「西方隱喻理論」二者
的關聯，藉由漢語四字成語，爲西方隱喻理論開啟「事件性隱喻技
巧」這一新面向。

　　由於西方隱喻理論認為，隱喻是人類將思維轉化成語言的重要
手段之一，不僅僅是一種語言技巧，更是一種認知過程的呈現。因
此，事實上在漢語的眾多語言類型中，不只有成語使用西方隱喻技
巧，即便是一句脫口而出的話語都隱藏著西方隱喻技巧的運用，例
如「上課了大家趕快回到教室裡」就是「容器性隱喻」的運用、「上
流社會裡滿是奢華」就是「方位性隱喻」。其他像是俗語如「一個
某，恰贏三身天公祖」使用「實體性隱喻」、「七坐、八爬、九發牙」
使用「實體性隱喻」等；諺語如「一粒老鼠屎，壞了一鍋粥」使用
「實體性隱喻」、「一人開井，萬人飲水」使用「實體性隱喻」等；
歇後語如「殺雞用牛刀」使用「實體性隱喻」、「千里送鵝毛」使用
「實體性隱喻」等。由此可知，由於西方隱喻著重在思維及語言的
相互轉化，而語言為思維的表達，思維為語言的解碼，這是各種語
言與其思維的共通性，漢語當然也不例外。因此，除了成語之外，

也可以試著用其他的漢語類型與西方隱喻結合，分析出話語背後所隱藏的思維，激發出話語的真意。

在本研究中，透過將漢語四字成語與西方隱喻理論的結合，創造出西方隱喻理論中並無存在的「事件性隱喻技巧」。然而，「事件性隱喻技巧」是藉由中西合併所產生，並非原本西方隱喻理論就有，究竟是西方語言型態中並無事件性隱喻技巧的使用，抑或是西方語言型態中存在著事件性隱喻技巧的使用，但並無學者發現，這是一個值得深入探討的議題。由於本研究著重在漢語四字成語與西方隱喻理論結合的探討，對於上述的情形僅稍作述敘，並無深入探究。在此提出，先自我預告未來可再著力的地方也希望可以提供學者們一個新的研究方向。

從這一次的研究結果，可知中、西語言中都隱藏著隱喻的思維，但在隱喻材料的選擇上卻不相同。同樣以成語來看，漢語成語使用事件性隱喻技巧，以四字成語來映射事件的寓意；英語成語大多使用實體性隱喻，以實體來說明抽象的概念。然而，這樣的差異與中西方分屬氣化觀型文化與創造觀型文化有關，可從文化領域著手進行探討。在透過漢語四字成語為西方隱喻理論開創出事件性隱喻技巧的面向後，比較中西方的隱喻思維是接下來對隱喻研究不可忽略的方向。

參考文獻

子　敏（1997），《和諧人生》，臺北：麥田。

王　符（1995），《潛夫論》，增訂漢魏叢書本，臺北：大化。

王海山主編（1998），《科學方法百科》，臺北，恩楷。

王夢鷗（1976），《文學概論》，臺北：藝文。

王禎和（1993），《嫁妝一牛車》，臺北：洪範。

王鼎鈞（1975），《王鼎鈞自選集》，臺北：黎明。

水　晶（1985），《沒有臉的人》，臺北：爾雅。

五南成語辭典編輯小組（1998），《多功能實用成語典》，臺北：五南。

中國修辭學會（1997），《漢語修辭學研究和應用》，開封：河南人民。

中國社會科學院語言研究所辭典編輯室（1996），《現代漢語詞典》，北京：商務。

孔穎達等（1982a），《毛詩正義》，十三經注疏本，臺北：藝文。

孔穎達等（1982b），《禮記正義》，十三經注疏本，臺北：藝文。

白先勇（1983），《白先勇短篇小說選》，福建：人民。

白先勇（1984），《寂寞的十七歲》，臺北：遠景。

白先勇（1985），《金大班的最後一夜》，臺北：遠景。

布魯克（2003），《文化理論詞彙》（王志弘等譯），臺北：巨流。

冰　心（1993），《寄小讀者》，臺北：金安。

朱自清（2001），《朱自清全集》，臺北：世一。

朱西寧（1980），《將軍與我》，臺北：洪範。

任慶梅（2002），〈試論文學隱喻的理解過程及其審美經驗〉，《福建外語》第 2 期，62-66。

李　昂（1975），《混聲合唱》，臺北：華欣。

李　敖等（2000），《野鶴的白羽》，臺灣：中國書籍。

李建軍（2002），〈文學語言的特性及審美效果〉，《安康師專學報》第 14 卷，21-23。

李添富（2001），《洪葉活用成語典》，臺北：新視野。

利　科（2004），《活的隱喻》，上海：上海譯文。

沈　謙（1995），《修辭學》，臺北：空大。

沈清松（1986），《現代哲學論衡》，臺北：黎明。

余光中（2002），《余光中精選集》，臺北：九歌。

余秋雨（1995），《山居筆記》，臺北：爾雅。

余桂林（2001），《詞彙學理論與實踐》，北京：商務。

呂亞力（1991），《政治學方法論》，臺北：三民。

束定芳（1996），〈亞里斯多德與隱喻研究〉，《外語研究》第 1 期，13-17。

束定芳（1997），〈理查茲的隱喻理論〉，《外語研究》第 3 期，24-32。

束定芳（1998），〈論隱喻的本質及語義特徵〉，《外國語》第 6 期，10-19。

束定芳（2000），〈論隱喻的理解過程及其特點〉，《外語教學與研究》第 4 期，253-260。

束定芳（2001），〈論隱喻的認知功能〉，《外語研究》第 2 期，28-31。

束定芳（2002），〈論隱喻的運作機制〉，《外語教學與研究》第 2 期，98-106。

束定芳、湯本慶（2002），〈隱喻研究中的若干問題與研究課題〉，《外語研究》第 2 期，1-6。

吳岳剛（2008），《隱喻廣告：理論、研究與實作》，臺北：五南。

周　荐（2004），《詞彙學詞典學研究》，北京：商務。

周慶華（1997），《語言文化學》，臺北：生智。

周慶華（2002），《故事學》，臺北：五南。

周慶華（2004），《語文研究法》，臺北：洪葉。

周慶華（2007），《語文教學方法》，臺北：里仁。

林　海、李　新（2004），〈隱喻的認識功能、審美功能及其與文學的關係——隱喻的符號學分析〉，《華北電力大學學報》第 2 期，79-82。

林海音（1975），《林海音自選集》，臺北：黎明。

竺家寧（1999），《漢語詞彙學》，臺北：五南。

季廣茂（2002），《隱喻理論與文學傳統》，北京：北京師範大學。

亞里斯多德（2001），《詩學》（陳中梅譯），臺北：商務。

紀　弦（1996），《第十詩集》，臺北：九歌。

胡　適（1997），《胡適文選》，臺北：遠東。

胡玉樹（1992），《現代漢語》，臺北：新文豐。

胡壯麟（1997），〈語言・認知・隱喻〉，《現代外語》第 4 期，50-57。

姚一葦（1985a），《藝術的奧秘》，臺北：開明。

姚一葦（1985b），《美的範疇論》，臺北：開明。

高　誘（1973），《戰國策》，臺北：商務。

夏征農（1992），《辭海》，臺北：東華。

徐志摩（1971），《徐志摩全集》，臺北：文化。

徐國慶（1999），《現代漢語詞彙系統論》，北京：北京大學。

徐劍英、易明珍（2009），〈概念隱喻普遍性的認知體驗性研究〉，《南昌大學學報（人文社會科學版）》第 5 期，153-156。

孫詒讓（1983），《墨子閒詁》，新編諸子集成本，臺北：世界。

張　沛（2004），《隱喻的生命》，北京：北京大學。

張　斌（2004），《現代漢語》，上海：復旦大學。

張秀亞（2005），《北窗下》，臺北：爾雅。

張秀亞（2008），《張秀亞散文精選》，台灣：商務。

張春暉（2003），〈認知思維與英漢成語隱喻互譯〉，《湖南城市學院學報》
　　第 4 期，121-123。

張登岐（2005），《漢語語法問題論稿》，合肥：安徽大學。

張愛玲（1974），《流言》，臺北：皇冠。

張愛玲（1991），《傾城之戀》，臺北：皇冠。

張愛玲（2001），《張愛玲典藏全集》，臺北：皇冠。

張曉風（1996），《曉風散文集》，香港：道聲。

陳　騤（1979），《文則》，臺北：莊嚴。

陳之藩（1990），《陳之藩散文集》，臺北：遠東。

陳信元編選（2008），《郁達夫散文》，臺北：宇河。

陳望道（2001），《修辭學發凡》，上海：上海教育。

陳湘屏（2009），《成語的語法、修辭及角色扮演》，臺北：秀威。

陳鐵君主編（1996），《遠流活用成語辭典》，臺北：遠流。

許晉彰、邱啟聖（2005），《分類成語辭典》，臺北：五南。

許鐘榮（1987），《中國成語故事精選（一）～（五）》，臺北：圖文。

符淮青（2003），《現代漢語詞彙》，北京：北京大學。

黃海泉（2009），〈從認知語用學的角度分析隱喻現象〉，《黑龍江教育
　　學院學報》第 11 期，122-123。

黃慶萱（2002），《修辭學》，臺北：三民。

荷曼斯（1987），《社會科學的本質》（楊念祖譯），臺北：桂冠。

曹靖華（2004），《曹靖華散文選集》，天津：百花文藝。

梁實秋（1990），《雅舍小品》，臺北：遠東。

梁實秋（2008），《梁實秋散文》，北京：人民。

教育部國語推行委員會（2007），《重編國語辭典》，取自 http://dict.revised.
　　moe.edu.tw/index.html，點閱日期：2009.12.1。

教育部國語推行委員會（2005），《成語典》，取自 http://dict.idioms.moe.
　　edu.tw/mandarin/fulu/about_main/lei/lei2.htm，點閱日期：2009.12.1。

琦　君（1981），《煙愁》，臺北：爾雅。

程祥徽、田小琳（1992），《現代漢語》，臺北：書林。

雷可夫、詹　森（2006），《我們賴以生存的譬喻》（周世箴譯），臺北：
　　聯經。

福　勒（1987），《現代西方文學批評術語》（袁德成譯），成都：四川人民。

楊　牧（1998），《楊牧詩集》，臺北：洪範。

楊　喚（2006），《楊喚全集》，臺北：洪範。

楊仲佐、張少安（1970），《歷朝詩選》，臺北：正中。

楊賢玉、蒲軼瓊（2002），〈英漢成語審美特徵比較研究〉，《廣東財經職業
　　學院學報》第 3 期，64-67。

葛本儀（2003），《漢語詞彙學》，濟南：山東。

溫端政（2005），《漢語語彙學》，北京：商務。

魯　迅（1996），《阿 Q 正傳》，臺北：金安。

魯　迅（2002），《魯迅散文詩集》，臺北：正中。

熊元義（1998），《回到中國悲劇》，北京：華文。

劉叔新（2000），《漢語描寫詞彙學》，北京：商務。

鄭培秀（2005），《成語句法分析及其教學策略研究》，中山大學中國文學
　　系碩士論文（未出版）。

鄭樹森（1986），《文學理論與比較文學》，臺北：時報。

蔣夢麟（2008），《西潮》，臺北：寫作天下。

黎運漢、張維耿（1991），《現代漢語修辭學》，臺北：書林。

龍青然（1995），〈成語中的隱喻格式〉，《邵陽師專學報》第 4 期，29-31。

賴明德（2001），《成語熟語辭海》，臺北：五南。

錢鍾書（2007），《圍城》，臺北：大地。

簡　媜（1985），《水問》，臺北：洪範。

簡　媜（1990），《女兒紅》，臺北：洪範。

鍾肇政（1972），《當代小說精選》，臺北：黎明。

聯合新聞網（2007），〈國文　天雨修屋卻放晴　無遠慮？〉，取自 http://mag. udn.com/mag/campus/storypage.jsp，點閱日期：2010.11.10。

辭海編輯委員會（2001），《辭海》，上海：上海辭書。

羅瑞球（2003），〈概念隱喻理論和漢語成語運用中的隱喻性思維結構〉，《廣西社會科學》第 7 期，106-108。

羅德曼（2007），《語言學新引》（黃宣範譯），臺北：文鶴。

蘇　冰（2005），〈英漢成語中概念隱喻的思維結構對比〉，《山東外語教學》第 2 期，47-49。

蘇以文（2005），《隱喻與認知》，臺北：臺大出版中心。

語言文學類　PG0490　東大學術 28

成語的隱喻藝術

作　　者 / 王韻雅
責任編輯 / 林世玲
圖文排版 / 陳湘陵
封面設計 / 蕭玉蘋

發 行 人 / 宋政坤
法律顧問 / 毛國樑　律師
印製出版 / 秀威資訊科技股份有限公司
　　　　　114 台北市內湖區瑞光路 76 巷 65 號 1 樓
　　　　　電話：+886-2-2796-3638　傳真：+886-2-2796-1377
　　　　　http://www.showwe.com.tw
劃撥帳號 / 19563868　戶名：秀威資訊科技股份有限公司
　　　　　讀者服務信箱：service@showwe.com.tw
展售門市 / 國家書店（松江門市）
　　　　　104 台北市中山區松江路 209 號 1 樓
　　　　　電話：+886-2-2518-0207　傳真：+886-2-2518-0778
網路訂購 / 秀威網路書店：http://www.bodbooks.tw
　　　　　國家網路書店：http://www.govbooks.com.tw
圖書經銷 / 紅螞蟻圖書有限公司
　　　　　114 台北市內湖區舊宗路二段 121 巷 28、32 號 4 樓
　　　　　電話：+886-2-2795-3656　傳真：+886-2-2795-4100

2011 年 1 月 BOD 一版
定價：270 元

國家圖書館出版品預行編目

成語的隱喻藝術 / 王韻雅著.-- 一版. -- 臺北市
　　：秀威資訊科技, 2011.1
　　面； 　公分. -- (語言文學類；PG0490)
(東大學術；28)
BOD 版
ISBN 978-986-221-684-2(平裝)

1. 漢語　2. 成語　3. 隱喻　4. 文學與藝術

802.183　　　　　　　　　　　　99024077

讀 者 回 函 卡

感謝您購買本書,為提升服務品質,請填妥以下資料,將讀者回函卡直接寄回或傳真本公司,收到您的寶貴意見後,我們會收藏記錄及檢討,謝謝!如您需要了解本公司最新出版書目、購書優惠或企劃活動,歡迎您上網查詢或下載相關資料:http:// www.showwe.com.tw

您購買的書名:_____

出生日期:_____年_____月_____日

學歷:□高中 (含) 以下　　□大專　　□研究所 (含) 以上

職業:□製造業　□金融業　□資訊業　□軍警　□傳播業　□自由業
　　　□服務業　□公務員　□教職　　□學生　□家管　　□其它_____

購書地點:□網路書店　□實體書店　□書展　□郵購　□贈閱　□其他

您從何得知本書的消息?

　□網路書店　□實體書店　□網路搜尋　□電子報　□書訊　□雜誌

　□傳播媒體　□親友推薦　□網站推薦　□部落格　□其他_____

您對本書的評價:(請填代號　1.非常滿意　2.滿意　3.尚可　4.再改進)

　封面設計____　版面編排____　內容____　文/譯筆____　價格____

讀完書後您覺得:

　□很有收穫　□有收穫　□收穫不多　□沒收穫

對我們的建議:_____

_____

_____

_____

11466
台北市內湖區瑞光路 76 巷 65 號 1 樓

秀威資訊科技股份有限公司　　　收

BOD 數位出版事業部

....

（請沿線對折寄回，謝謝！）

姓　　名：＿＿＿＿＿＿＿＿＿　年齡：＿＿＿＿　性別：□女　□男

郵遞區號：□□□□□

地　　址：＿＿＿＿＿＿＿＿＿＿＿＿＿＿＿＿＿＿＿＿＿

聯絡電話：(日) ＿＿＿＿＿＿＿＿＿　(夜) ＿＿＿＿＿＿＿＿＿＿

E - m a i l：＿＿＿＿＿＿＿＿＿＿＿＿＿＿＿＿＿＿＿＿